Mazarine Pingeot

Née en 1974 à Avignon, Mazarine Pingeot, professeur agrégée et docteur de philosophie, enseigne à l'IEP de Bordeaux. Elle est également administratrice de l'Institut François-Mitterrand. Aux Éditions Julliard, elle a déjà publié *Premier roman* (1998), *Zeyn ou la Reconquête* (2000), *Ils m'ont dit qui j'étais* (2003), *Bouche cousue* (2005), *Mara* (2010), *Pour mémoire* (2011), *Bon petit soldat* (2012), *La Part d'enfance* (2013), *Les Invasions quotidiennes* (2014), *Théa* (2017), *Magda* (2018) et *Se taire* (2019). Son dernier roman, *Et la peur continue*, a paru en 2021 aux Éditions Mialet-Barrault.

ET LA PEUR CONTINUE

ÉGALEMENT CHEZ POCKET

BOUCHE COUSUE
BON PETIT SOLDAT
LES INVASIONS QUOTIDIENNES
THÉA
MAGDA
SE TAIRE
ET LA PEUR CONTINUE

MAZARINE PINGEOT

ET LA PEUR CONTINUE

MIALET-BARRAULT ÉDITEURS

MIXTE
Papier issu de sources responsables
FSC® C003309
FSC www.fsc.org

L'éditeur de cet ouvrage s'engage dans une démarche de certification FSC® qui contribue à la préservation des forêts pour les générations futures.

Pour en savoir plus :
www.editis.com/engagement-rse/

ISBN : 978-2-266-32134-1
Dépôt légal : janvier 2022

Pour Alix

« Je me transforme en pierre et ma peur continue. »

Ludwig Wittgenstein

« Ce jour-là, j'ai eu le sentiment que la mémoire était une terre. Nous héritions tous d'une terre. Une terre noire et profonde, avec ses sources, ses nappes phréatiques, ses forêts, ses oiseaux, et ses prédateurs. Que pouvions-nous faire à part la cultiver ? Nous pouvions aimer notre mémoire, l'aimer comme une vie plus forte et plus vieille que la nôtre, l'aimer comme un monde, comme un écosystème, ne pas l'empoisonner avec des vieilles rancœurs, puisque la terre est commune, puisque toute frontière n'est jamais qu'une barrière fragile, aléatoire, franchissable. En dessous, tout communique. »

Isabelle Sorente,
Le Complexe de la sorcière

Première partie

Ses mains s'agitaient pour poser les questions que sa bouche ne pouvait formuler – muette depuis toujours –, auxquelles bien sûr je n'avais pas de réponses. J'étais dans la même situation qu'elle, sidérée que le jeu prenne d'autres allures. Il savait que lier les mains était la façon de la faire taire. Mais il avait aussi enfoncé quelque chose dans nos bouches. Fallait-il rire ? Nos regards se cherchaient dans la pénombre. Fallait-il avoir peur ? Nous n'étions sûres de rien, en attente, dans un temps suspendu, un temps qui n'existe plus pour personne.

La Marseillaise

Le train file. Rien ne peut l'arrêter. À moins qu'un sanglier et ses petits ne s'engagent sur les rails. Cognés de plein fouet par le TGV qui les démembrerait et les disperserait, dans un jaillissement de sang et d'organes. Une heure plus tard, des gendarmes prendraient le temps d'enlever, de vérifier, de nettoyer. Puis on repartirait soulagés. Le sanglier n'est pas une adolescente suicidaire, circulez.

Le train file, et l'imagination de Lucie ne peut pas en modifier le cours. Pas d'autre voie possible que celle du retour. Elle et Vincent, leurs enfants, Mina et Augustin, rentrent par le train 6199, en partance de Brest, terminus Paris-Montparnasse. La gare est encore en travaux. Quand ne le sera-t-elle plus ? Les travaux font partie de la gare, une gare finie n'existe pas ; ouverture, bâches ou horizons, rien n'est définitif. Le train s'arrête et il faut descendre. On a cru, pendant trois heures, que la vie pourrait continuer ainsi, à regarder les paysages défiler, passif et actif, on a cru. Mais le train s'arrête et ne repartira qu'en arrière. Personne n'a envie de revenir en arrière. On descend. Forcément.

Les vacances, c'est fini.

L'enfant sur le quai de gare hurle *La Marseillaise*, tandis que les uns et les autres s'affairent à empaqueter et rassembler leurs bagages. Se regrouper et se presser vers les appartements non chauffés qui ont vécu la fin de l'été avant leurs occupants. Ceux-là ont profité des derniers beaux jours dans l'Ouest d'où arrive le train, tandis que la capitale a déjà subi sa mue météorologique.

L'enfant hurle et chante faux, il ressemble à Louis, l'ami d'enfance, dont elle a appris la mort quelques jours plus tôt. Un coup de fil de sa mère, Violaine, qui ne téléphone que pour les choses graves : Louis est mort. À l'avant-veille du retour. Mort seul, dans son appartement parisien, quand tout le monde était encore en vacances. Mort juste avant la rentrée, pour laisser aux uns et aux autres le soin d'empaqueter les dernières serviettes de bain. L'enfant chante, « Allons enfants de la patrie ! », il ressemble à Louis au même âge, ou peut-être à son frère, Lucas, sauf que Lucas ne se serait jamais donné en spectacle comme ça, plus doué en escamotage et disparition. Arlequin montre le visage qu'il choisit, parfois, il ne montre rien, il devient invisible.

Il hurle « Le jour de gloire est arrivé ! » et lui rappelle ces garçons auxquels elle ne songeait plus depuis des années. Et qui semblent être partout maintenant qu'elle est assurée de ne plus les revoir. Louis mort. Lucas installé aux dernières nouvelles en Australie, suffisamment loin pour que les routes ne se recroisent pas, à part peut-être le jour de l'enterrement.

Elle observe chez l'enfant ce décalage entre une obstination sans doute liée à quelque projet mystérieux et imaginaire, et la situation de voyageurs fatigués, tendus vers un but qui les rend absents à eux-mêmes dans cet espace de transition. Ça la fait rire, tandis que Vincent lui passe les bagages, de la plateforme au quai, et que Mina et Augustin dansent sur leurs pieds, déjà avides de tout : une terre ferme et l'impatience est là. Un quai, et voilà que ça repart. Mais pour elle un quai est une fin.

Elle se sent en connivence avec ce petit échappé de la norme qui met mal à l'aise sa mère et ceux qui l'entourent lui enjoignent de se taire. *La Marseillaise*, franchement, c'est la honte. Elle aurait pu partir dans un fou rire lorsqu'elle se rend compte que c'est avec sa cousine qu'elle aurait voulu le partager, sans avoir à s'expliquer. Elles auraient regardé l'enfant de conserve, cet enfant aurait été Louis, aujourd'hui dans un cercueil exposé pour les derniers hommages, ou Lucas disparu depuis si longtemps, et même si sa cousine aurait été incapable de l'entendre – sourde et muette, de naissance –, elle aurait vu le visage crispé et têtu, le corps immobile et tendu vers ce chant, alors que les adultes le bousculent, lui crient dessus, que leurs traits montrent l'indignation, la suffocation. Puis elles auraient commencé à sourire, et cette ébauche serait aussitôt devenue, si leurs regards s'étaient alors croisés, un irrépressible tremblement qui n'aurait fait qu'attester une fois de plus leur absolue intimité, leur gémellité, presque. Et Louis, s'il s'en était aperçu, aurait ri avec elles, mais Lucas leur serait tombé dessus, des filles n'ont pas le droit de se moquer de lui, il pourrait les tuer. Lucas, le petit amoureux. Le garçon agile au corps souple et brun, au parfum fort, les yeux noirs qui voient partout.

Cette vision vient stopper net le rire montant.

L'inquiétude. Et le poids soudain du manque, l'impossibilité du fou rire dont la puissance venait d'être secrètement partagée. Mais on ne partage plus ce genre de chose avec un mort, avec quelqu'un qui a choisi de mourir, vous abandonnant les souvenirs et les habitudes communes, comme amputées et désormais désactivées.

Cela n'empêche pas le départ de la joie comme un départ de feu, il est seulement étouffé, retourné contre soi, brûlant l'intérieur sans rien laisser paraître. Héloïse, et maintenant Louis. La mort partout dans la capitale. Sa cousine, morte, son ami d'enfance, pas encore enterré. Elle reste seule. Les petits enfants sur le quai de gare se disent au revoir, mais c'est un adieu. L'arrachement.

Augustin et Mina la pressent, « Maman, dépêche-toi ! ». Elle est à la traîne, elle veut rester avec l'enfant qui résiste, mais la foule l'emporte, la foule emporte toujours les résistances.

Dans le train, Augustin et Mina avaient fiché leurs écouteurs sur les oreilles. Communication impossible. Elle les a observés, concentrés sur un point ignoré d'elle, absents et présents à la fois ; elle aurait pu disparaître, ça n'aurait rien changé. Augustin, son ravissant petit garçon aux boucles brunes, dont la voix commençait à muer, dont la lèvre supérieure se recouvrait maintenant d'un duvet indécis. Le corps tiré en haut, sur les côtés, incertain de la direction à prendre, mal à l'aise. Mina, sa belle adolescente, le front couvert de petits boutons, qu'elle a voulu un jour masquer avec du fond de teint. C'est leur dernière dispute. Les yeux verts de Goran, son père. Mina n'a pas de souvenirs de ses parents ensemble. Ils se sont quittés quand elle était si petite. Vincent, concentré derrière ses lunettes, lisait les journaux pour se remettre dans le rythme des nouvelles, de la ville, de l'épuisement. Alors elle a regardé un film à son tour, un casque sur les oreilles, qui, au lieu de l'exclure, la rendait pareille aux autres. Et dans ce film qui a fini par les lui faire oublier, une enfant perd sa mère au cours des attentats de novembre 2015. Elle s'entraîne, s'est-elle dit alors, pour l'enterrement. Elle se met dans l'ambiance de la mort. Mais ira-t-elle ? Depuis combien de temps n'a-t-elle pas vu Louis ? Et Lucas. Les attentats n'ont rien à voir avec la mort de son ancien ami. Ni avec celle d'Héloïse. Elle se met dans l'ambiance. À partir de la deuxième partie, quand l'enfant, dure et silencieuse, éclate en sanglots pour un motif dérisoire, elle s'est mise à son tour à pleurer, se concentrant pour rester silencieuse. Ne pas essuyer les larmes coulant sur les joues ni renifler, les gens auraient regardé, elle serait devenue le clou du spectacle. Non merci ! La honte attend tapie partout où elle peut. Et Vincent, et Mina, et Augustin se seraient mis à la plaindre, eux qui espèrent la larme qui tarde à venir : mais tu as le droit de pleurer, maman ! Aucun d'entre eux n'a connu Louis. Ils se souviennent d'Héloïse mais les images s'effacent.

La honte l'escorte et joue à cache-cache, elle ne sait jamais quand elle va surgir, demeure vigilante. Alors regarder un film sur un ordinateur, des écouteurs sur les oreilles, et sortir de la bulle en exposant des larmes ? Plutôt mourir. On garde, on maintient, on protège. La fosse aux secrets est immense, elle accueille sans discrimination.

La honte est exponentielle, c'est comme ça qu'on finit par ne plus rien dire, par ne plus désirer, par ne plus savoir comment parler aux gens parce que les mots souvent trahissent, la honte devance les gestes, elle rend lâche. Elle est lâche. Quand le film s'est arrêté et qu'elle a fait semblant de se gratter le visage pour effacer les larmes plus fortes qu'elle, alors que se gratter pourrait à certains égards être bien plus honteux que sécher ses larmes, quand elle est descendue du train, qu'elle a vu l'enfant ressemblant à Louis, ou à Lucas peut-être, qu'elle a commencé à rire, puis qu'elle a pensé à sa cousine, elle a aussi songé aux enfants d'Héloïse, orphelins, qu'elle n'a pas vus depuis les obsèques, au mari, à sa famille, tranchée par une lame de rasoir. À Louis aussi qui attend son tour dans un cercueil en bois, et à leurs vacances, toujours achevées dans cette même gare, où les petits enfants se disent au revoir. L'arrachement. Gare Montparnasse, le début de la joie, le début de la peine, départ et arrivée, naissance et mort. Mais à l'époque la ligne 6 ne la ramenait nulle part, alors que là, ils seront quatre à brandir leur passe Navigo, quatre à emprunter la même rame, à sortir à la même station, à composer le code d'entrée et à monter les étages, quatre à vivre ensemble pour conjurer la solitude. L'abandon.

Devant les panneaux d'affichage, tandis que cinq militaires marchaient d'un même pas, treillis, gilet pare-balles et mitraillette à l'épaule, elle s'est demandé : Héloïse est-elle morte avant ou après les attentats ? Et cette question soudain est devenue fondamentale.

Avant, bien sûr. Si Héloïse avait vécu les attentats, elle serait peut-être vivante aujourd'hui. Elle se serait sentie entourée dans sa détresse, elle aurait pu communier dans la souffrance collective : tout ce qui pouvait la dissoudre dans du collectif était pour elle un pansement, un soulagement. Oublier qu'on a à disposition une volonté. Parce qu'on croit dur comme fer qu'on a une volonté. On y croit parce qu'on vous l'a répété. Un être sans volonté, c'est quelqu'un qui se laisse aller, quelqu'un qui s'écoute. Et quelqu'un qui s'écoute est un gros égoïste. On n'aimait pas trop les égoïstes par chez eux. On affûtait les enfants comme des couteaux, pour qu'ils partent sur le champ d'honneur la tête haute.

Pas de larmes, pas d'apitoiement. Pas de faiblesse.

L'enfant qu'on n'écoute pas, qui ressemble à Lucas ou à Louis, ou à elle-même, ce garçon a peut-être passé un été merveilleux avec d'autres enfants, loin de ses parents, loin de sa situation, dans une cabane ou un grenier. Il résiste sur son quai. Mais il va devoir la réintégrer, sa camisole, entre les murs sombres de son appartement où il pourra bien hurler à tue-tête *La Marseillaise*, et *We Are the Champions*, et encore *God Save the Queen*, pour ce que ça changera – personne ne l'entendra, comme sur ce quai de gare. Mais dans sa chambre, il y aura une raison objective à ce que personne ne l'entende : il n'y aura personne. Personne jusque tard dans la nuit. Il aura l'impression d'avoir passé son enfance seul. Cette impression sera diffuse, puisqu'il ne s'apercevra que beaucoup plus tard que tout cela n'était pas *normal*, que tout cela n'avait peut-être été qu'un *autre tour de folie*, la folie est toujours relative. La folie, c'est celle de l'autre. Comment *imaginer* que son enfance soit une grande folie ? Comment imaginer qu'il ne soit pas normal que des militaires hantent les gares et les centres commerciaux, l'œil à l'affût, les rangers cirées, et qu'à quelques mètres des adolescentes achètent des bijoux fantaisie chez Claire's pour se photographier sur Snapchat et envoyer leur visage déformé par des filtres, yeux de chats, taches de rousseur, visage de dessin animé, tandis que des pédocriminels guettent leur apparition et likent en direct, parce qu'ils se sont fait accepter sous un profil « taillé pour » ? Des clochards sont attablés au Starbucks qui vend le café cinq euros et des goodies à l'effigie de la marque. On se damnerait pour ça, d'ailleurs on se photographie devant, et les militaires continuent leur tournée, dans le brouhaha et l'annonce du retard des trains, il est bon de s'éloigner, un homme dort par terre allongé dans son urine, une jeune fille, cheveux en crête et chien bâtard à ses côtés tend la main, il lui manque trois dents. Lucie pousse les enfants pour qu'ils avancent plus vite.

Ils se sont endormis dans le grand appartement glacé. Les draps sont humides, elle s'est dit : Mais pourquoi on n'a pas de bouillotte, pourquoi, quand un objet est indispensable, il manque ? Pourquoi rien ne peut nous réchauffer ? Elle n'a jamais utilisé de bouillotte. Mais à cet instant, elle imagine l'objet en caoutchouc, peut-être recouvert d'une peluche en forme de lapin ou de grenouille, une forme inadéquate, aucun lapin ni aucune grenouille n'est rectangulaire. Elle trouve contre les jambes de son mari un certain réconfort. Peu à peu, la chaleur revient à l'intérieur du lit. Il ne faut pas laisser dépasser un bras, une épaule, sans quoi le froid les attaque ; s'imaginer sur un radeau dans une eau infestée de piranhas, mais comment s'écrit « piranhas » ? Et pourquoi est-ce si compliqué ? des *h*, des *y*, ou rien de tout cela, comment vérifier alors qu'il ne faut pas sortir du lit sous peine d'être dévoré. Elle se blottit contre le corps de l'homme qui est le sien, mais quand celui-ci s'en écarte pour trouver une position plus confortable, elle s'entortille dans la couette, façon « nem ». C'est la rentrée. Ils ont réglé le réveil. Les enfants dorment. Un réveil qui va rythmer les jours. Et la valse de l'année, ce long tunnel où il faut survivre. Ce long tunnel… mais non, c'est fini tout ça, le long tunnel, les piranhas, dormir pour échapper, transpirer et dormir, ne pas se laisser dévorer. Penser à la Dordogne brûlante au cœur du mois d'août, le canoë orange qui remonte le courant jusqu'à la berge, les brasses coulées, une deux, une deux, ouvrir les yeux sous l'eau où tout est nuance de noir et de vert, vaincre les piranhas, frapper avec le plat de la rame encore et encore, ne pas laisser les souvenirs resurgir. Mais ils reviennent, par rafales ils reviennent, et il n'est pas sûr qu'elle puisse rassembler ses forces pour leur faire barrage.

*

* *

Il la réveille à la fin du rêve, juste quand le générique de « fin du rêve » défile, sur des images de cette enfant qui parle à son doudou et fredonne des chansons. Les chansons portent la trace de sa mère, dont on ne sait rien, des chansons-traces-de-mère, des chansons-bouts-de-mère. Elle échange des rires avec sa cousine un peu plus âgée qu'elle, dans cette chambre où l'on peut voir le lit, le doudou et la chanson. D'ailleurs, dans ce générique très sophistiqué, on observe les personnages sur des photos Polaroïd aux couleurs un peu passées, comme dans *Grease*. Défilent ainsi son doudou, un ours beige jeté sur le lit, puis sa chanson-trace-de-mère, un morceau rouge (peluche ? chiffon ? foulard ?) plus ou moins accroché à une fenêtre et se découpant sur la lumière extérieure, lumière tombante, une voix off dit alors sa « chanson-mère », et on peut sentir, dans le rêve, qu'il s'agit bien d'un personnage, et que sans doute là réside le mystère, le mystère de ses origines perdues.

Mais il la réveille.

C'est toujours comme ça avec les origines, on se réveille juste avant de savoir. Depuis combien de temps n'avait-elle pas rêvé d'Héloïse ? Était-ce elle ? Dans le rêve elle parlait et chantait. Pourtant pas de doute, elles étaient enfants et jouaient avec des chansons qui étaient des objets.

Danser sur les tombes

Trois jours plus tard, Lucie hésite à se rendre à l'enterrement de Louis. En apprenant la nouvelle, alors qu'elle commençait à ranger la maison en Bretagne, elle s'est dit : Ça fait beaucoup. Je n'irai pas. Elle était en colère. Puis le retour, Paris, les premiers jours d'école, l'excitation d'Augustin, les déceptions de Mina, les résolutions s'effritent. Elle ne sait plus pourquoi elle s'était dit : Non !

Pourtant, une chose est sûre, elle n'a pas envie de se retrouver aux côtés de ses parents comme une petite fille, et encore moins de voir leurs amis, tout l'Hôtel-Dieu, les collègues de Violaine et de Sophie, médecins, kinés, infirmières. Comme pour son enterrement à elle si elle devait sauter par la fenêtre, là, tout de suite. Mais est-ce une raison pour refuser un dernier au revoir ? Il y aura surtout des gens qu'elle ne connaît pas. Ceux de son âge, avec qui Louis vivait, des gens proches de lui qui partageaient un quotidien, des préoccupations communes. Elle n'a fait que croiser sa femme, n'a jamais vu ses enfants.

Quel rapport avec les vacances qui s'achèvent gare Montparnasse, et le quai de gare, Héloïse ? Quel rapport avec eux ? Le trio de la Dordogne ? La course de canoës orange, la brioche qui sort du four ? Qui saura qu'ils ont sauté par-dessus le muret pour plonger dans l'eau noire alors que les adultes dormaient ? Qu'ils ont volé des bonbons dans la cachette de grand-mère, et se sont embrassés pour jouer, pour essayer ? Aucun de ceux qui seront là.

La vie a passé depuis. Et s'est ouverte sur d'autres perspectives.

Toutes ses chemises noires sont au sale.

Si elle ne le voyait plus, c'est qu'il devait y avoir une raison. La vie d'abord, comme on dit « ah, la vie », qui comprend dans un grand fourre-tout les enfants, le travail, les nouveaux amis, les nouvelles priorités, le manque de temps, tout ce qui construit les regrets pour plus tard.

Elle fouille dans l'armoire, d'abord mollement, puis de plus en plus vite : des pois, du jaune, des dentelles, rien de noir. Ni tee-shirt ni même un sweat. Elle pourrait s'effondrer là, sur le sol de sa chambre. Elle n'ira pas.

Et puis peut-être l'humeur sombre de Louis, depuis tout petit déjà, une humeur tumultueuse qui laissait peu accès à l'intimité, et quand « ah, la vie » arrive, on ne fait plus tant d'effort.

Au Monoprix en bas de la maison, elle achète une chemise en Nylon. La matière qui fait transpirer. Elle n'a pas le temps pour les essayages. Trop grande pour elle. C'était un risque à prendre. Si la chemise est ample, moins de chance de transpirer, et ça peut être joli l'oversize, blousant, les pans rentrés dans un pantalon. Il se pourrait même qu'elle la remette à une autre occasion, *rien ne se crée, rien ne se perd, tout se transforme*, mais là le doute s'immisce, ça ne fonctionne pas ! En quoi se transforme Louis ? C'est pourtant tellement plus clair que *Pierre qui roule n'amasse pas mousse*. À n'y rien comprendre.

Louis et Lucas, le petit amoureux, néanmoins plus âgé qu'eux de huit ans – un quasi-Dieu. Il y a des choses qu'on partage tellement qu'on préfère ne plus en parler. Louis, seul et tenu au silence, qui avait pourtant appris le langage des signes. Pas Lucas, non. Lucas se fichait d'eux. Lucas était à part. Un garçon à problèmes. Un presque adulte.

Elle n'a pas voulu que Vincent l'accompagne. Il a insisté, pour la forme, s'est-elle dit. Elle a refusé. Puisqu'elle n'avait pas l'intention d'y aller. S'en était vraiment persuadée. Vincent et Louis ne se sont jamais rencontrés.

Elle hésite à porter une veste. Il fait si lourd. Mais la chemise est légèrement transparente, à moins d'enfiler un débardeur en dessous. Le débardeur qu'elle n'a même pas encore sorti de la valise – ouverte comme éventrée sur le parquet de la chambre et qu'elle n'a pas eu le courage de vider. Elle préfère rester dans l'entre-deux. Avant, après. Ici, là-bas. La preuve qu'elle a bien fait : le débardeur est là, offert à son regard et à sa prise, comme un signe. Il voulait encore servir.

Vêtue d'un débardeur, d'une chemise et d'une veste, elle se rend en retard à la Coupole où doit avoir commencé la cérémonie. Elle ne tient pas à y assister complètement, a prévu de rester à la porte pour pouvoir repartir si besoin.

La salle est pleine, tout le monde n'a pas pu entrer. Elle se tient sur les marches avec d'autres, observe des dos, des crânes dégarnis, des cheveux poivre et sel, des boucles blondes surmontées d'un chapeau, des épaules affaissées, parfois un enfant perché dessus. Elle aimerait bien monter sur des épaules elle aussi pour voir. À la place, elle s'assoit sous le soleil féroce, entend des bribes, regarde le ciel, le visage rouge, le débardeur collé au torse.

Louis avait quarante-deux ans jusqu'à la semaine précédente, et peut-être les a-t-il encore, peut-être même les gardera-t-il jusqu'à la fin – la fin de quoi ? La sienne. La fin de ceux qui se souviendront de lui – il avait quarante-deux ans. À quarante-deux ans, on subit une autopsie. Dont les résultats seront tus. Les gens chuchotent, elle entend qu'ils parlent de ça.

Quand la foule reflue hors de la Coupole, elle repère les quatre enfants, dont le plus jeune, quatre ans, dans les bras de sa mère. Elle le devine parce que Sophie, la mère de Louis et de Lucas, est à leurs côtés, leur caresse la tête, échange avec la femme, grande, belle, qu'elle a croisée une fois dans un restaurant avec Louis. Elle observe les petits pour dénicher une ressemblance, un nez, un regard, un sourire, une expression, retrouver Louis en eux, à même leur visage. Et il est là, décomposé et dispersé, jamais entier. Il rôde, multipliant les traces d'une présence qu'il a voulu leur dérober. Elle l'a connu à leur âge, et c'est sans doute la seule de cette assemblée.

Inutile de faire semblant d'être myope, d'éviter les regards, la plupart des personnes lui sont inconnues. Elle n'a pas encore vu ses parents, et c'est tant mieux. Elle ne doute pas qu'ils soient tristes, mais retrouver d'un coup tous leurs anciens collègues doit quand même ressembler un peu à une fête.

Plus loin, Sophie salue tout le monde, la tête haute. « Non, Lucas n'a pas pu prendre l'avion, c'est trop loin / Mes condoléances Sophie / Oui, je pars le mois prochain en Australie / Mes condoléances Sophie / Peut-être que j'y resterai… / Mes condoléances Sophie / Mais les petits-enfants… / Mes condoléances Sophie / Je ne peux pas m'éloigner des petits-enfants… / Mes condoléances Sophie / Pas maintenant… / Mes condoléances Sophie / Je ne sais pas… Je ne sais pas ce que Louis aurait voulu. » Lui non plus, songe Lucie qui s'éloigne de la foule pour avoir une vision d'ensemble, et se cacher derrière une tombe, du nom de la famille Marceau, colonnes sculptées dans une pierre qui a vécu, elle est grise et striée par la pluie, recouverte de mousse. Il y a là des parents morts très âgés, et des enfants qui étaient également des parents, des dates tout à fait cohérentes.

S'il avait su quoi faire, il n'aurait pas choisi de les rassembler tous là, les anciens passagers de l'enfance et les autres, qu'elle ne connaît pas. Elle observe autour d'elle, à la recherche d'un repère : mais elle est bien la seule de cette époque-là. Perdue. Abandonnée au seuil de cette foule. Ses parents quelque part, qui doivent maintenant soutenir Sophie, le visage grave et froid, professionnels, la mort ils s'y connaissent, l'annoncer faisait partie de leur métier. Elle les cherche du regard, puis aperçoit son père. Sa mère ne doit pas être loin, il ne saurait s'en éloigner de plus d'un mètre, diminué depuis la retraite. On dit que c'est normal, son épuisement permanent ; c'est drôle comme pour des médecins le mot de dépression est tabou. Il y a même les parents d'Héloïse, son oncle et sa tante. L'angoisse se fraye un chemin. Éviter tous ces adultes devenus vieux qui enterrent leurs enfants. Ne devrait-elle pas être triste pour eux ? Des garçons courent entre les tombes. Ils jouent à chat. Se font reprendre. Sophie crie : « Laissez-les, ils ont bien le droit de s'amuser. » C'est la reine de ce jour. La reine tragique. Elle a tous les droits. Celui de faire danser les invités sur les tombes si elle le veut.

Lucie transpire de plus en plus. C'était inévitable. Le soleil frappe sur sa chemise, elle sent des gouttelettes se former sous ses aisselles, libres de couler le long des côtes, du ventre, s'arrêtant à la ceinture qui colle et rentre dans la peau. Heureusement qu'elle ne se rendra pas au pot chez Sophie, sous les toits, où le tarama a déjà dû fondre sur les mini-blinis, suintant l'huile de palme dans les assiettes en carton. Et ces photos encadrées au mur, de petits garçons bouclés sur un canoë orange, la peau brunie, le torse à l'air.

Elle s'éloigne. Ses pas la mènent au caveau d'Héloïse, à quelques allées de là. Un enterrement sous un ciel gris et lourd, un an plus tôt – quarante et un ans, deux enfants dont la dernière avait six ans. Un suicide franc : elle s'est pendue.

C'est cela que commence à contenir « ah, la vie », des morts et des enterrements, et pas seulement de vieux parents qui peinent à partir. Il y a ses contemporains aussi, et des pans entiers de son enfance, qui disparaissent emportant les souvenirs. Elle-même en a si peu ; elle comptait sur eux pour les conserver. Ils l'abandonnent l'un après l'autre.

Elle n'est jamais revenue sur la tombe d'Héloïse. Et la colère monte quand elle s'en approche. La colère de les savoir tous les deux là, à quelques dizaines de mètres de distance, la laissant seule, comme si elle n'avait pas été assez seule dans sa vie, comme si elle méritait de leur survivre. Expulsée de cet âge, l'âge oublié, enterré, tapi, qui attend de sauter à la gorge, la bête féroce.

Elle ne doit pas s'attarder, sa famille pourrait avoir le désir de faire le détour par la sépulture fraîchement fleurie de leur nièce et de leur fille. Elle leur enverra un message pour leur dire qu'elle était là.

À travers les allées dallées où se cassent les talons, elle chantonne ses adieux : au revoir Louis, au revoir Héloïse. Ses jumeaux, d'une certaine manière. Héloïse avec qui elle parlait par signes que les autres ignoraient – la langue du secret, celle des mains, des doigts, des bras, la langue dansée qu'elle avait adoptée presque en même temps que celle qui s'entend. Héloïse était muette, et Lucie trouvait ça normal. Les autres faisaient tellement de bruit. Entre elles, il était naturel qu'elles aient un langage privé – partagé par quelques membres d'une secte à laquelle elle était fière d'appartenir : comprendre le langage des signes que parlaient des passants dans la rue était un privilège. Chaque fois, elle avait envie de les prévenir : je sais ce que vous dites ! Louis en connaissait les rudiments, à force. Ça l'amusait, mais elles pouvaient l'exclure en accélérant les gestes, selon qu'elles voulaient le punir ou non.

Ils formaient un clan silencieux, d'où fusaient parfois des rires, le clan de l'été 84. Au revoir Héloïse, au revoir Louis.

Le clan dissous par les années et les choix de vie.

Elle est la dernière à se rendre aux enterrements. La survivante. Mais elle est aussi une femme mariée, mère de deux enfants. C'est un statut concurrent, et qui lui convient mieux. Elle se presse pour récupérer Augustin à la sortie du collège, lui a promis de se tenir à l'écart, de l'attendre au coin de la rue, de ne pas se faire remarquer.

Mais dès qu'ils ont tourné au carrefour, loin des regards des collégiens, Augustin lui prend le bras et le serre. Il parle vite et chante presque.

« Il me faut un compas et un cahier à grands carreaux 96 pages.

— Mais on en a déjà acheté !

— Non ! C'est 120, il faut 96 pages !

— Quelle différence ? Je ne comprends pas ?

— C'est ce qu'ils ont demandé, sinon je vais me faire coller !

— OK ! OK ! On ne va pas prendre un tel risque pour quelques pages de trop ! »

Ils entrent au Monoprix. Matin, chemise noire – peine –, après-midi, fournitures scolaires – joie.

Quand il rentre, il range ses nouvelles affaires dans le bureau neuf de sa chambre. Elle le regarde faire, fascinée par tant d'application – de maniaquerie ? –, elle qui se rappelle soudain qu'elle a une valise à ranger. Mais elle entend une clé tourner dans la serrure : c'est Mina. Elle va à sa rencontre pour lui demander comment s'est passée la journée, si elle a vu de nouveaux professeurs, s'est fait de nouvelles copines. C'est le temps des commencements où tout mérite d'être raconté. Après, les discussions se tarissent. Lucie compte bien en profiter.

*

* *

À la table du petit déjeuner Lucie et Vincent écoutent la radio tandis qu'ils font griller des tartines et les beurrent pour Mina et Augustin, l'une sous la douche, l'autre encore endormi.

Jacques Rovel, un écologiste de tendance radicale, explique qu'il n'y a pas de valeur supérieure à la vie, que la vie est l'aune de toutes les valeurs, la valeur des valeurs, mais pas forcément celle de l'homme. La Terre vaut mieux que lui.

Lucie s'agace, Lucie s'énerve.

« Il la connaît personnellement, la Terre ? Elle a quoi de mieux que l'homme ?

— Il est excessif, c'est vrai, mais peut-être qu'on est obligé d'être un peu excessif aujourd'hui pour faire entendre raison, réplique Vincent.

— Entendre raison, tu vois ! La raison, c'est pas la Terre, c'est l'homme qui l'a ! Comme si l'homme n'était pas l'aboutissement de toutes ces luttes pour surmonter les contraintes stupidement biologiques.

— Ne t'avise pas de dire ça à ton boulot, par les temps qui courent tu vas te faire tuer !

— À mon boulot, ils ont encore quelques notions scientifiques, j'espère ! J'espère qu'ils y croient ! Sinon qui ? »

Vincent sourit.

« Alors ça y est, tu n'es plus écolo ? »

Lucie hausse les épaules.

« Je suis allée à l'enterrement. »

Augustin entre dans la pièce, Vincent est pris de court.

« Pourquoi tu ne me l'as pas dit ?

— Pas eu le temps.

— Mais hier soir ? Cette nuit ? Ou même un texto !

— Je ne sais pas, il n'y a rien à en dire. »

Vincent se lève pour remplir le bol d'Augustin, qui s'adresse à sa mère : « T'es pour le réchauffement de la planète ? » Elle hésite, puis lui répond très sérieusement, connaissant l'engagement écologique de l'enfant de douze ans, par nature tyran, radical et révolutionnaire. « Je déteste autant les transhumanistes, parce qu'ils pensent la même chose – oubliant que son fils n'a sans doute encore jamais entendu parler de l'idéologie transhumaniste –, que la vie est la valeur suprême, et qu'il faut la préserver coûte que coûte, même si elle n'a aucun sens. Ils y ont pensé au sens de la vie avant d'essayer de la perpétuer ? » Augustin la regarde, sidéré, Vincent ronge son frein. « Pas la peine de t'énerver, maman », dit Mina qui déboule dans la pièce. Elle fait la grève du lycée un vendredi par mois. Mais personne n'insiste, ils sont tous au courant que la mort s'obstine en ce moment, et qu'elle doit avoir ses raisons. Lucie doit croire qu'il y a des raisons pour mourir supérieures aux raisons de continuer de vivre.

Dans la chambre, tandis qu'elle s'habille, Vincent lui dit : « Dès que tu te sens prête, tu peux en parler si tu veux. Je suis là. » Mais Lucie hausse les épaules. Parler de quoi ?

« C'était avant. » Ainsi Lucie s'installe-t-elle dans une vie au futur antérieur, vue sous deux angles contemporains : le présent, et le futur qui viendrait le redessiner, lui assigner un nouveau sens. Elle se méfie du futur précisément pour cela : ni le passé ni le présent ne sont jamais fixes avec lui, ils peuvent changer à tout instant, et c'est très angoissant, ça, de ne pas savoir exactement sur quel mode vivre l'instant. Car elle n'aime pas se faire avoir. Non. Elle n'aimerait pas qu'on lui dise : Tu te souviens avec quel soin tu as choisi les rideaux de ta chambre et tout ce que tu as projeté dans cette chambre, une vie enfin apaisée, sertie dans cet écrin de bois, une chambre presque luxueuse telle que tu n'aurais jamais pu la rêver. Et puis le rêve est advenu. Mais un jour, la chambre brûlerait, et le chat avec, et peut-être son mari, endormi, pas les enfants, non, cette vision-là n'est pas possible, il y a des choses que la pensée ne peut pas se figurer, il y a de la résistance à l'imagination. Son mari, elle l'aime, mais elle a déjà vécu sans lui.

Elle triche un peu avec l'imaginaire, elle va là où c'est encore possible.

Et ces flammes soudain obscurcissent son sentiment de bien-être tandis qu'elle boutonne son chemisier jusqu'au cou, et observe le dos nu de Vincent, ses muscles se mouvoir sous sa peau brune, appétissante ; ils ondulent comme frémit la surface de l'eau quand un poisson passe, invisible, elle peut les contempler des heures à son insu, car ce sont ces muscles-là qui la maintiennent captive et, comme les racines des arbres tropicaux enserrent les ruines des temples d'Angkor, elle voudrait qu'ils tissent autour d'elle, jusqu'à se confondre avec sa propre chair, une forteresse, ou à défaut un blockhaus.

Tout ce qu'elle pourrait perdre. Elle ne veut pas être dupe, elle sait tout ce qui peut arriver, elle voit le couteau se planter entre les omoplates, alors qu'il visite un camp de réfugiés dans un pays en guerre, sa peau couverte de plaies, se craqueler comme une terre trop sèche, elle reste sur ses gardes, le bonheur ne l'endormira pas, elle prévoit tout, comme dans une guerre tactique, ignorant néanmoins l'ennemi, sinon sous la forme de « tout ce qui peut arriver », son imagination est sans limites. À force, on se demande ce qui a commencé, l'angoisse ou la vigilance. Elle ne se fera pas avoir, non, mais en attendant, elle s'épuise à jouer de toutes les dimensions du temps.

Vincent, toujours le dos tourné, lui annonce qu'il sera absent presque un mois, entre novembre et décembre. Il se place devant elle et lui caresse la joue. Il a essayé de reculer, de contourner. Mais impossible. Les équipes au Yémen commencent à se disloquer. Il faut qu'un membre de la direction centrale s'y rende. Le président de l'ONG est pris en Corée. Et c'est lui le spécialiste de la région. Il aurait mauvaise grâce à refuser. Mais il peut encore essayer d'écourter.

Intérieurement elle s'effondre. Il ne peut pas lui faire ça maintenant. Mais ignore-t-il qu'écourter, elle ne le lui demandera jamais ? Plutôt mourir. Il rentrera après douze heures d'avion en classe éco pour montrer l'exemple, une correspondance dans un aéroport international trop climatisé où il aura pris froid, des vêtements froissés, il arrivera au petit matin à Roissy-Charles-de-Gaulle, sous une pluie sale, alors qu'il vient de quitter un pays chaud mais en guerre, dans la file de taxis, il se fera régulièrement doubler par des femmes enceintes et des familles à cinq enfants, trois quarts d'heure après, dans une voiture où hurlera Tropiques FM, il se réjouira de retrouver sa femme, son appartement, son cocon. Et que découvrira-t-il, une fois la porte ouverte, non sans avoir perdu encore de précieuses minutes à chercher ses clés ? Son cadavre.

Et alors il sera bien avancé.

Il la prend dans ses bras, et lui répète : « Tu ne veux pas qu'on parle ? » Son corps à elle se fige. Résiste. Obstrue toute possibilité de parole. Son corps est une tombe. Rien n'en sort. Pas un son. Et d'ailleurs, pour dire quoi ? « Ne t'inquiète pas, pars. » Il pose son front contre son front. « Je vais voir comment faire. » Mais elle sait qu'il n'en fera rien, ou que s'il tente quelque chose, une raison supérieure le rappellera à l'ordre. Jamais Vincent ne se soustrait au devoir. La misère est plus exigeante qu'un contrat conjugal. Personne ne serait prêt à remettre en question cette évidence.

Time is an abstraction

Elle a inventé une manière de ne pas attendre son mari. Les journées se suivent et se répètent, elle abolit le temps. Son mal de gorge et la fièvre intermittente la mettent en suspens, comme au-dessus de la vie qui court pour rejoindre l'hiver, puis un jour le printemps. Elle avance en zombie, période d'incubation.

Il a bouclé sa valise la veille pour partir à l'aube sans la réveiller. Il effleure son front et ses cheveux d'un baiser et de mots tendres. Elle fait semblant de dormir. Deux heures plus tard, quand le soleil entre à travers les volets et que le réveil sonne, elle inaugure « le premier jour sans Vincent ». Doit se réhabituer à tout faire. Prépare le petit déjeuner. Prend une douche. S'habille avec les vêtements de la veille. Réveille les enfants. « Papa est parti ? » demande Augustin. Le téléphone sonne, c'est Vincent qui les embrasse, son avion va décoller. Lucie a mis sur haut-parleur, tout le monde lui souhaite bon voyage, mais les voix sont mécaniques, on assimile la transition, on essaie de ne pas penser au crash aérien, ni aux statistiques d'accidents de voiture au Yémen, sans parler des attentats et de la violence endémique. Il faudra faire attention avec la radio, éviter de l'allumer au moment des nouvelles, changer de fréquence, passer de RFI à France Musique, écarter toute possibilité que des informations extérieures ne pénètrent dans leur appartement sans y être autorisées. Les enfants mangent leurs céréales, le nez dans leur bol. Elle les observe avec gratitude : rien ne les déstabilise, ni le départ de leur père, ni la rupture d'équilibre qu'il entraînera. Soudain émue par leur présence, elle voudrait leur proposer de folles activités : dîner au restaurant thaï, faire une boum, acheter des chemises, se coucher tard. Plus simple encore, et qui ne requerra pas sa participation, inviter leurs amis à dormir. Il faut casser la routine, et que la maison soit joyeuse. Elle écoutera alors leurs rires étouffés et pourra s'assoupir, le cœur tranquille.

« Je peux inviter Wesley ? » demande Augustin. Lucie sourit : il l'a devancée. À chaque fois c'est la même chose. Dès que Vincent a le dos tourné, l'anarchie reprend ses droits, tout redevient possible, et peu importe si on dort deux mois dans les mêmes draps ou que la vaisselle traîne quelques jours dans l'évier. Le Nutella est autorisé, et les sandwichs à l'heure du dîner, ketchup et mayonnaise compris, devant une série sans même le bénéfice de la VO sous-titrée en anglais. Lucie ne s'était pas rendu compte que c'était devenu un cérémonial. Elle s'en réjouit secrètement, comme d'un point marqué contre son mari. Il n'avait qu'à pas partir.

Mais lorsqu'elle doit se rendre au travail, son cœur se serre. Une boule se forme dans sa gorge, elle n'arrive plus à déglutir. Qui appellera-t-elle si ses jambes vacillent ? Et si ses malaises la reprennent, l'accélération du pouls, les mains moites, l'impression de tomber ? Qui ? Et même si par un hasard extraordinaire elle parvenait à le joindre, que pourra-t-il pour elle ? À des milliers de kilomètres ? Elle est seule à porter ses enfants, sa maison, son travail, abandonnée, alors que tout à coup elle a cinq ans.

Au journal, ils ont licencié pendant l'été la moitié des rédacteurs et documentalistes ; ils n'étaient pas nombreux, désormais, ils sont six. C'est dans cette nouvelle configuration qu'elle travaille depuis la rentrée : une famille décimée par une épidémie sans virus, mais qu'il faut maintenir coûte que coûte, pour garder la maison que des vautours veulent s'approprier. Ils rôdent autour des murs, la nuit, ils grattent avec leurs ongles, et eux, à l'intérieur, développent des stratégies pour résister aux assauts ; ils savent que la maison ne leur appartient pas, que toute cette énergie, elle bénéficie au propriétaire, ils payent les taxes d'habitation et font les réparations eux-mêmes, ça fuit de partout, mais c'est leur seul toit.

Elle récite des vers de Verlaine dans sa tête, *Et pour cela préfère l'Impair, Plus vague et plus soluble dans l'air*, de plus en plus vite. Elle chante maintenant, silencieusement, sur la musique de Léo Ferré, *Plus vague et plus soluble dans l'air*, la boule ne passe pas, sa voix s'élève, *Car nous voulons la Nuance encor*, elle doit faire attention, scrute ses battements de cœur, les compte, respire, *Pas la Couleur, rien que la nuance*, puis elle a l'Idée. Une évidence qui lui tombe dessus : et pourquoi elle ne s'achèterait pas des chaussures ?

Pourquoi toujours se restreindre, s'empêcher, économiser, rationaliser, adopter la logique des autres, se contenter de ce qu'on a, ne pas dévier de la trajectoire ? Rien ne lui interdit de dépenser l'argent qu'elle aura gagné dans une paire de chaussures inutile et audacieuse, après sa journée de labeur, avant de s'occuper des enfants : une heure pour elle, gratuite, bien que chère – c'est le paradoxe qui la réjouit. Cette perspective éclaircit la journée. Lucie peut s'engouffrer dans la station Richard-Lenoir, elle qui tournait autour depuis quelques minutes.

Le métro s'est arrêté entre deux stations. Noir. C'est ce qui ne devait pas arriver dans l'état où elle est. La perspective des chaussures ne suffit pas.

Elle est assise – coup de chance – et lit des articles pour le prochain dossier. Elle est concentrée, pour ça, aucun problème, elle est connue pour sa capacité d'abstraction du monde extérieur. Mais le métro est inerte. Il ne semble pas du tout avoir envie de repartir, personne ne leur dit rien, personne ne les informe, on les a oubliés. Ils sont là, comme de futurs cadavres, enterrés vivants, et son pouls s'accélère, les autres ne mouftent pas, les lignes qu'elle lit tanguent, sa vue se trouble, elle doit reprendre le paragraphe tout en cherchant sa respiration, ils sont sous terre, aucun moyen d'en sortir, casser la vitre peut-être, *Bergson infléchit le sens du temps*, mais casser la vitre, c'est un acte, disons un acte évident, et si le métro se mettait à rouler, on la prendrait pour une folle, ce qu'elle n'est pas, elle n'est pas folle, se rassure-t-elle, elle maîtrise la situation, des flammes lèchent ses tempes, elle transpire mais ses doigts sont glacés, *Bergson infléchit le sens du temps*, les battements de son cœur s'accélèrent, elle va mourir, c'est sûr, bientôt elle se mettra à parler pour demander de l'aide, elle se voit, là, debout, à demander de l'aide, ou peut-être, si elle parvient à garder son calme, à organiser une résistance, ouvrir les portes à l'aide des hommes les plus forts, avancer en file indienne dans le couloir jusqu'à apercevoir une lumière, rester calme bien sûr pour ne pas être écrasée par la foule comme à Furiani, se parler, toujours, vérifier que l'autre est là, prêt à vous secourir, à vous confirmer que vous aussi, vous êtes là, mais aura-t-elle le temps, elle est en train de faire une attaque, son cerveau se désintègre, elle serre fort le siège pour ne pas tomber, là-haut on les a oubliés, pas de réseau, de toute façon elle est paralysée, ne peut pas appuyer sur les touches, et Vincent doit être dans le ciel, inatteignable, elle va mourir, là, sur la ligne 5, c'est tellement stupide, mais à ce stade elle ne peut plus lutter.

Le métro repart, et son sang coule à nouveau dans ses veines, elle respire presque normalement. Mais elle est tellement épuisée.

La volonté. La volonté. La volonté.

Quand elle entre dans l'open space, les spasmes reviennent. Elle salue ses collègues, on lui dit qu'elle a l'air fatigué, mais c'est une antienne, elle est toujours fatiguée. C'est la première chose qu'elle annonce à ses amies et collègues, quand elle leur dit bonjour, Ça va, je suis crevée, mais ça va. Il n'y a guère que de cela qu'elle puisse se plaindre, en plus des courbatures qui choisissent chaque jour un membre différent alors qu'elle ne fait pas de sport : elle a un mari aimant, des enfants qu'elle adore bien que l'adolescence soit en train de les attaquer, un appartement dont le crédit est quasiment payé, peut-être un chien, c'est ce qu'ils se disent, en tout cas ils y réfléchissent, un travail intéressant, même si on attend une nouvelle restructuration du groupe et qu'ils sont tous sur la sellette, les licenciements de l'été n'ont pas suffi à redresser la situation. Il y aurait quelque indécence à se plaindre.

Grosse égoïste.

En revanche, il est incontestable que la fatigue l'habite, du moins personne ne peut le contester puisque personne n'est dans son corps. On lui fait ce crédit-là, même si, à force, l'indifférence gagne. « Je suis fatiguée » est devenu un simple mot d'introduction à toute discussion, on n'entend plus ce qu'il raconte, elle-même y est tellement accoutumée que ça lui paraît son état normal. Du reste elle n'est pas la seule. Presque toutes ses amies, presque tous ses collègues le sont. Certains parviennent à ne pas le dire, c'est là leur supériorité. Ils sont plus forts. Ou moins *égoïstes*.

Est-ce que la vie n'est pas un peu finie une fois qu'on a tout réussi ?

Cette question, elle la pose à Myriam pendant le déjeuner. Elles ne parlent pas toujours de choses aussi « élevées », la philosophie faisant partie de leur travail et encore, à la marge, pas de leurs moments de pause. Myriam ne partage pas ce constat.

« D'abord, ça veut dire quoi, réussi ? Toi, tu estimes avoir tout réussi ?

— Non bien sûr, avoue Lucie, c'est juste par rapport à ce que j'avais rêvé, mes objectifs de quand j'étais petite… je ne pensais pas pouvoir avoir tout ça… Mais… »

Myriam la coupe : « Quand il y a du désir, cette question ne signifie rien. »

Voilà, Lucie n'a plus de désir. Elle constitue mentalement une liste pour vérifier si certaines choses échappent à cette parole définitive :

– Elle aime faire l'amour
– Elle aime manger
– Elle aime ses enfants

Les fondamentaux, quoi… Mais elle s'égare, Myriam a parlé de désir, pas de ce qu'elle aime. Parce qu'elle aime tout, son travail, ses soirées, sa vie, la science, les polars, Paris, la campagne, la France, l'Italie, la mer, la montagne, la chaleur, le froid, le tiède. Il n'y a guère que le vent qu'elle n'apprécie pas. Heureusement, cette envie irrépressible d'acheter des chaussures clignote comme le signe d'un désir bien vaillant.

Mais elle lâche : « Je me suis endormie à vingt et une heures trente, alors que Vincent devait partir ce matin. Je ne sais pas quand il s'est couché. Je dormais. Et ce matin, quand il est parti, pareil. Et il ne m'a rien dit ! Il m'a laissée dormir. C'est tout. »

Myriam est très positive. Elle est en train de lui remonter le moral. « Mais c'est normal ça d'être fatiguée, c'est la ville, on court toute la journée, et Vincent part souvent, ce n'est pas comme si c'était exceptionnel ! » La burrata fondante y parvient mieux. Le soutien de Myriam est un peu gênant, d'ailleurs quelle idée elle a eue de lui avouer cette part d'intimité. Elle s'en veut. D'autant que Myriam lui rappelle, moralisatrice : « Tu oublies la chance que tu as… » Chance, chance, chance, le mot tourne en boucle jusqu'à ne plus rien signifier, *Pour cela préfère l'Impair*, *Car nous voulons la Nuance encor*, les phrases s'enchevêtrent avec celles de Myriam. « Au boulot, bon, tout ne va pas bien, on a un peu une épée de Damoclès au-dessus de la tête, mais on a déjà de la chance d'avoir un boulot, et puis faut serrer les dents juste pendant cette période. » Ça les abîme. Serrer les dents, elle connaît. Elle l'a pratiqué toute son enfance au point que son émail est attaqué. Elle ne peut manger ni trop froid ni trop acide. Le citron et l'ananas lui sont interdits. Du coup, elle n'aime pas ces fruits ; à mettre sur la liste des « Je n'aime pas ».

Serrer les dents, attendre que ça passe, se durcir, se tenir. C'était son lot de petite fille. Non parce que ça allait s'arranger, mais parce que les vacances se profilaient.

C'est pendant les vacances qu'elle la retrouvait, sa jumelle, son double. Alors l'année pouvait passer. L'enfance l'attendait dans la maison de leur grand-mère. Le gouffre. L'enfance. La bête féroce.

« Oui bien sûr, ça va passer, c'est juste que je suis… fatiguée. Les vacances c'est loin.

— C'était il y a trois mois !

— C'est loin quand même.

— Tu aurais dû continuer à être prof. »

Lucie ferme les yeux, *Bergson infléchit le sens temps*.

« Le problème, dit-elle à Myriam, c'est qu'on ne sait plus se révolter. Qui oserait se révolter ? Comment peut-on se révolter ? On n'a rien contre quoi se révolter ! On ne peut pas se révolter contre sa fatigue ! »

Révolte, révolte, révolte.

Elle s'étonne de sa sortie. Si clairvoyante, si lumineuse. Est-elle intelligente, en fait ? Ah non, « en fait », expression à bannir, Vincent reprend toujours les enfants quand ils l'utilisent, par pitié, pas « en fait » et encore moins « au final », mais intérieurement, elle peut bien se parler ainsi, et se dire « je suis intelligente en fait » ou « au final, je suis intelligente ». Qu'y a-t-il de plus inquiétant dans cette phrase ? De se croire intelligente – grosse égoïste, grosse prétentieuse –, ou de venir de s'en apercevoir, comme si elle n'était pas au courant. Ou qu'être au courant ne suffisait pas, qu'il lui fallait une preuve supplémentaire. Alors quand cette preuve surgit sans qu'elle s'y attende, comme à l'instant où elle vient de prononcer cette phrase sur la révolution, elle est apaisée. Mais si la phrase lui est sortie, comme ça, sans qu'elle la contrôle, sans qu'elle l'ait préméditée, c'est qu'elle n'en est pas responsable ! Son intelligence n'y est pour rien ! L'apaisement est de courte durée, elle a déjà décortiqué sa propre phrase intérieure, l'a désactivée. Rester vigilante en toutes circonstances.

Intelligente ? Non, sinon elle travaillerait à l'hôpital, comme les autres : chef de service. Elle ne serait pas là à végéter dans la structure obsolète d'un journal moribond pour expliquer la science à ceux qui n'en font pas.

N'empêche, ce n'était pas si bête de brandir la révolution. Ça résumait tout. Plus personne ne se révolte, ou bien certains, mais on dirait que c'est leur métier. Il y a bien les nouveaux sans-culottes, elle les a compris au début. Elle se réjouissait. Secrètement. Enfin quelqu'un va dire que ce n'est plus possible. Enfin quelqu'un n'accepte plus. Dit non. Dit : Pourquoi accepter l'impuissance ? Et puis elle n'a plus pu les suivre. Ils n'ont pas su transformer l'essai. Ils ont donné un nom et une explication à « Ce n'est plus possible », ils ont mis du contenu dans « Ce n'est plus possible ». Tout ce qui leur tombait sous la main. Les immigrés, les réfugiés, les salauds de politiques, les urbains. Ils ont voulu trop remplir, ils se sont crus tout-puissants. Ils ont laissé s'échapper la flamme.

« Tout le monde se révolte, lui répond Myriam. Tu n'entends pas le grondement, partout ? »

Elle ne sait plus trop quoi penser. Parfois, sa réflexion lui paraît sûre, mûre ; parfois, elle a l'impression que tout s'effiloche, le sens de ses pensées se coulant dans le courant général du grand flux des pensées du monde, s'évanouissant, n'étant plus que les pensées de tout le monde, les pensées fragiles et éphémères du bruissement du monde. Que voudrait dire penser ? C'est une question à laquelle elle a été amenée à réfléchir pourtant. Elle connaît un certain nombre de théories, tant scientifiques que philosophiques, sur la question. Mais cette connaissance ne lui apporte pas de certitude. Ce dont elle doute, c'est de sa pensée propre, de l'originalité de celle-ci et de son appartenance à un ensemble plus vaste et à peu près cohérent qu'elle appelle sa personne. Elle a mal à la jambe gauche et aux trapèzes.

Elle n'est plus sûre de rien, ni même de sa colère. Se révolter, oui, ce serait bien. Mais soudain elle ne sait plus ce que ça veut dire. Myriam est politisée, elle n'a pas peur de l'engagement, elle n'a pas peur de ne plus croire. S'engager dans un combat, en adoptant le cadre de ce combat, et la théorie de ce combat. Myriam ne doute pas. Et Lucie l'admire pour ça. Pour cette évidence qu'elle semble trimbaler partout avec elle. Lucie aimerait être radicale. Voilà. C'est ce qu'elle aimerait être. On ne peut pas vivre sans quelques principes.

Elle a fini sa burrata, ça la rend triste. Quand viendra le prochain petit plaisir de la journée ? Faudra-t-il attendre le soir, dix-neuf heures, l'heure où elle s'autorise un premier verre de vin, où ses membres se détendent, où elle ne craint plus rien ? L'heure où elle retrouvera ses enfants, où l'on fermera la porte sur l'extérieur, où la chaleur pourra renaître. Ou bien s'offrir une gourmandise à seize heures ? Mais si elle commence à tout se permettre, quelle raison d'arrêter ? Quelle raison de ne pas être *toujours* dans le plaisir ? Un plaisir peu coûteux, quelques friandises… Elle a arrêté de fumer. Plusieurs fois. Elle voit bien où mène cette impossibilité de se refuser une cigarette, à la fatigue, au dégoût de soi, à l'obsession de la suivante. Elle s'en souvient. Elle a théorisé là-dessus. Pour se donner du courage. Et des raisons. Puis elle a recommencé. Lucie a toujours besoin de raisons, et de preuves, et de justificatifs. Lucie se dissout souvent, elle doit alors se pincer pour vérifier que son corps est bien là. Il faudra attendre ce soir – le premier sans Vincent. Jusque-là, travailler, essayer de se concentrer, ne pas regarder par la baie vitrée vers le ciel gris, ne pas laisser dériver ses pensées ; elles la ramènent vers un endroit sauvage qui sent la boue et l'herbe froide, piétinée, un endroit humide, un endroit qui fait peur mais qui attire.

Parce que, si elle retourne « là-bas », elle ne pourra pas rédiger les articles sur la physique quantique et les débats sur la nature du temps. *Bergson en a infléchi le sens.*

« Tu veux un dessert ? » Elle a dit non, elle s'est dit non. Il faut en finir. Elle ne sait pas finir. Elle demande à Myriam un point sur les restructurations du groupe. Et leur statut à elles. Leur avenir. Ce mot sonne vide dans sa bouche, c'est un mot des autres, un mot de la radio. Leur avenir se confond avec celui d'une entreprise, celui de l'édition scientifique, celui de la curiosité humaine. C'est un avenir large, et pourtant étroit. Elle est censée faire partie de cet avenir, mais elle ne parvient pas à ce sentiment d'appartenance qui fait qu'on se bat.

« Tu trouves que je ne suis pas courageuse ? » Myriam s'étonne de la question qui n'a pas grand-chose à voir avec son exposé. Aussitôt Lucie a honte, elle a parlé d'elle alors que Myriam parle du collectif. *Grosse égoïste*. Myriam hausse les épaules.

« Bien sûr que si, tu es courageuse. Mais, en fait, qu'est-ce que tu veux dire par là ? (Lucie souligne mentalement le "en fait".)

— Oublie. »

Myriam ne lâche pas, tout en commandant des cafés – dont un café gourmand –, elle lui demande de s'expliquer : « Pas courageuse pour quoi ? Pour se battre contre les actionnaires ? Pour se battre contre la nouvelle présidente du groupe ? » Elle énumère : les départs forcés, la baisse d'effectifs sans augmentation de salaire, la menace d'une nouvelle suppression de poste ; toute l'énergie de Lucie est concentrée sur ses paupières : ne pas les laisser se fermer. Elle bride les muscles de sa mâchoire pour empêcher le bâillement.

Myriam hausse le ton, elle s'échauffe. « Je vais te dire, être courageuse, ça aurait voulu dire quoi dans le contexte ? Démissionner par solidarité ? Tu crois qu'ils en auraient quelque chose à foutre, tu leur aurais servi un putain de cadeau sur un plateau d'argent ! Débouler dans le bureau de S., avec un couteau et le menacer ? »

Il est certain que Lucie n'a jamais envisagé cette solution. Le bâillement est en train de l'emporter, elle plonge sous la table pour faire mine de ramasser quelque chose. Mais quoi ? Elle remonte victorieuse, brandissant sa serviette.

« Faire grève ? Ben oui, faire grève, ça aurait été notre seule arme. Mais au motif de quoi ? Ça va empêcher qui de vivre si on fait grève ? Si on fait grève à six ? Et encore, Mélanie n'aurait jamais suivi, c'est sûr. Faire grève à cinq, dans un emploi ultra-précaire que la direction veut supprimer. On est niquées, ma vieille. La seule solution, c'est d'adhérer, on doit être représentées, on doit faire partie d'une structure de résistance plus grande. Ce que je ne comprends pas, c'est pourquoi tu n'adhères pas. » Mais Lucie ne peut pas adhérer. Pas à un syndicat. Pas à une structure justement. Pas à un corps. Lucie ne peut vivre que dans les interstices, ou chez elle, à la limite, bien barricadée ; dans le blockhaus, enserrée dans les ramifications des muscles de Vincent. Lucie ne peut pas appartenir, c'est tout.

Elle oppose une molle résistance à Myriam. « Il n'y a donc que les vieilles maisons pour nous défendre ? » Il n'y a donc que les anciens acteurs d'une pièce qui ne se joue plus, toutes les règles ont changé, même la scène a basculé dans la salle, les espaces sont indifférenciés, les logiques, les hommes les servent ou ils disparaissent. Elle continue en automate : « Les logiques, ce sont elles qui règnent. Les logiques écrivent les nouvelles pièces, mais on ne sait pas où adresser son courrier à l'auteur pour lui dire que sa pièce est mauvaise, mal jouée, que sa pièce est pourrie. Il n'y a plus d'auteur. Il n'y a plus d'adresse. Peut-être une boîte postale offshore ou sur la planète Mars, dans une onde gravitationnelle ou une micro-puce implantée dans ton doigt de pied, mais qui pourrait être n'importe où ailleurs. »

Contente d'elle : elle devrait écrire un scénario.

« Là tu délires. » Myriam, briseuse de rêve. C'est vrai qu'elle s'est un peu laissée aller à la métaphore. Prétentieuse. Elle s'excuse. « C'est pour ça que je ne peux pas adhérer. » Ça a l'air de convaincre Myriam. De toute façon, cette discussion elles l'ont déjà eue mille fois, ça les rassure de la rejouer encore et encore, ça les rassure dans leurs rôles respectifs, ça minimise les enjeux, ça permet de croire, l'espace d'un déjeuner, que tout est toujours pareil, que rien ne change, qu'il y a des discours prêts à l'emploi, que d'autres ont prononcés avant nous. On se sent moins seul, on se sent tenu par une histoire, par une société, on suppose que ça doit avoir du sens, une pointe de sens dans le non-sens qui gagne chaque jour.

Le café gourmand est pour Myriam, Lucie refuse la crème brûlée qu'elle lui propose. Puis finit par la goûter. Elle termine également le chocolat à la nougatine, pas mal, même si elle aime moins le sucré que le salé, pas mal. Ça clôt quelque chose, ça donne forme au déjeuner. Un petit point à la fin du paragraphe, un point qui permet de passer à autre chose. Une cigarette par exemple. Si on ne trace plus de ligne, comment s'orienter ? se dit-elle. Ou plutôt elle ne se le dit pas, elle s'y est habituée comme à une seconde nature : un exosquelette. En même temps, elle est bien obligée de s'avouer qu'elle en est à son deuxième point. Elle avait dit : rien après la burrata. Et puis elle a cédé. Rien après le chocolat à la nougatine, mais là c'est plus simple, le repas est objectivement terminé sans que sa volonté entre en lice. Deux points, ça n'existe pas, ça ne devrait pas exister. Trois à la rigueur.

Time is an abstraction at which we arrive by means of the changes of things[1].

Lucie insiste pour payer l'addition, Myriam accepte, ça n'a pas l'air de trop la déranger. Ce qui agace légèrement Lucie. Elle compose son code, puissante, supérieure ?

---

1. « Le temps est une abstraction à laquelle nous arrivons au moyen des changements des choses » (*traduction de l'auteure*), Ernst March, *La Mécanique*.

C'est une vieille habitude : préférer être créditrice que débitrice.

Devant son ordinateur, elle n'arrive pas à s'y mettre. Le ciel gris l'attire, juste au-dessus des tours du XIIIe, un peu plus loin. L'une d'entre elles se perd dans la brume.

It is utterly beyond our power to measure the changes of things by time[1].

Elle doit pourtant se concentrer sur ce dossier dont elle a la charge : « Dernières nouvelles du temps ». Faire l'inventaire des différentes théories en physique quantique, dont la plupart concluent que le temps n'existe pas. Résumer les positions de ceux qui utilisent la relativité générale. Parler des astrophysiciens, de la physique classique de Newton et Galilée ? Faire une histoire du temps pour arriver aux « dernières nouvelles » ? Exposer de façon plus spéculative les théories adverses, fournir des anecdotes. C'est elle qui a voulu s'occuper du numéro spécial, pour mettre toutes les chances de son côté : si elle est partante pour prendre cette responsabilité et s'octroyer plus de travail que les autres, sans espérer de prime, elle assure sa place.

Grosse égoïste.

Ou bien est-ce parce qu'elle n'a pas de mémoire que le temps l'intéresse ? Sans doute faudrait-il commencer

---

1. « Il est totalement hors de notre pouvoir de mesurer les changements des choses dans le temps » (*traduction de l'auteure*), *Ibid.*

par là. La mémoire. Mais la mémoire est subjective. Non pourtant. La mémoire des choses. Partir d'une absence. De mémoire. La mémoire serait-elle un don, une faculté ? Des sédiments. Pourquoi en a-t-elle été privée ? On lui a souvent répété, cependant, qu'elle apprenait vite, qu'elle pouvait retenir par cœur. Mais elle savait que ce n'était pas vrai, il lui fallait des heures secrètes pour retenir et réciter, des heures que les autres ne pouvaient pas voir, ne pouvaient pas comptabiliser. Lorsqu'on lui demandait ce qu'elle avait fait la veille, la semaine dernière, ou en quelle année elle s'était mariée, elle devait prendre un temps de réflexion, et sans certitude avancer en tâtonnant des chiffres et des faits. Si quelqu'un avait partagé ses activités, la veille, la semaine d'avant, ou l'année où elle s'était mariée, il aurait pu la contredire, ou lui dire : « Vraiment, tu ne te souviens plus ? » Il raconterait ce qu'ils avaient fait ensemble, les vêtements qu'elle portait et les gens qu'ils avaient rencontrés, elle se dirait alors – intérieurement –, Non, ça ne me dit rien, ou à l'adresse de ses interlocuteurs : « Ah oui, mais bien sûr, je m'en souviens maintenant que tu me le racontes. Aucune mémoire, vraiment. » Et pour les souvenirs d'enfance, ils sont collés les uns aux autres, engloutis dans un lourd nuage qui les agrège, les confond. Couleurs, parfums, rien de précis n'affleure, seulement cette menace lourde de l'orage. Une imminence. Des images résistent, et des odeurs, des sensations de chaud et de courses, de joues rouges, de rires, de peau brûlée par le sel. Cela oui, elle le porte en elle.

Mais la mémoire n'est pas le temps. Le temps se déploie vers ailleurs, la mémoire thésaurise, avare, le dos tourné à l'avenir. Elle ne livre rien, pratique la rétention. Bergson ne dirait pas cela, bien sûr.

Un bip l'alerte de l'arrivée d'un nouveau mail. Sushi Shop fait une promotion, elle note le code sur un coin de feuille, on ne sait jamais. Doit-elle prévoir un encart sur la question de la mémoire ? La mémoire chez Bergson ? *Matière et Mémoire* ? Un livre difficile, incompréhensible même, mais informé des théories scientifiques de son époque.

Un autre bip, « Shoes.fr. Ventes privées » vient s'encadrer en haut de son écran. Comment savent-ils ? Google s'est-il implanté dans sa tête ? Ce matin elle décide d'acheter des chaussures, et cet après-midi, elle reçoit cette offre ! Elle ne croit pas aux coïncidences. Il s'agit peut-être d'une simple simultanéité, deux temporalités qui se croisent. Bergson connaissait bien la relativité restreinte et la relativité générale d'Einstein, mais il métaphorisait lui aussi. Et il n'était pas sans cesse déconcentré par les bips et les promotions en ligne.

Il s'est mis à pleuvoir. Elle ne peut pas faire de récit. Pas de chronologie, trop de trous, le récit est quelque chose de très ambitieux pour elle, et elle s'étonne quand les autres y parviennent. Articuler plusieurs dimensions du temps, avec un avant, un après et au milieu plein de faits colorés, de faits saillants, avec des détails. Le détail des affects par exemple, ce qu'il ou elle a ressenti quand… et alors est arrivé… il faisait un froid terrible à ce moment… À elle, il a toujours manqué les « et », les « quand », les « alors », les « et puis », il a manqué la liaison. C'est pour cela qu'elle se sent si bien dans la relativité, en compagnie d'Einstein, ou avec les quantums et Heisenberg, le scientifique qu'elle préfère. Elle s'y sent bien parce que ici personne ne demande de comptes à personne, chacun a son temps propre et encore – ce n'est même pas une question de ressenti. Bergson a infléchi le sens du temps. Bergson pense la durée, et la durée de chacun, de chaque chose, la durée comme pur flux, multiple, inventif toujours, créateur. Le passé est l'être, le passé, c'est tout ce qui est figé, tout ce qu'on ne peut plus « créer ». Est-il vraiment interdit d'inventer son passé ? Pourquoi la boue ne serait-elle pas lac et la cabane palais ? Deux petites filles entourées de nuées découvrent un prince charmant dans une chambre dorée. Au loin, les oiseaux chantent, la nuit de noces approche.

Le ciel commence à se dégager, la tour a gagné deux étages. Elle doit compiler une série d'articles, la plupart en anglais. Ce travail lui plaît. Elle sait où aller les chercher. Elle comprend la langue mystérieuse de la physique et des mathématiques. Jusqu'à un certain point. Si elle l'avait mieux maîtrisée, sans doute serait-elle aujourd'hui scientifique, chercheuse dans un laboratoire. Ou au CNRS, le rêve de sa famille pour elle, puisqu'elle a vite renoncé à la médecine – le CNRS, un lieu protégé « à vie », un lieu de passion protégé, on y est mal payé, certes, mais c'est le prix de l'indépendance, de la passion et de la protection.

Elle n'a pas rejoint le CNRS. Elle a passé un CAPES de physique, qu'elle a obtenu, classée troisième. Ça lui a suffi. Après avoir enseigné quelques années, elle a fini par renoncer, comme beaucoup de ses collègues, pour des raisons qu'elle connaît mais que personne n'a jamais eu envie d'explorer.

La pluie laisse des traînées sur la vitre du bureau qu'obstrue une buée grandissante. Elle la voit se répandre, du milieu vers les bords, comme la carte d'une contagion. La contagion de la peur.

La peur honteuse, se souvient-elle, d'être seule devant trente-cinq adolescents décidés à défier son autorité. Et elle qui s'observe, elle qui se dit : Je ne vois pas pourquoi je l'exercerais, cette autorité, je ne vois pas pourquoi c'est si important d'apprendre la physique si vraiment on n'en a pas envie, et pourquoi entrer en conflit avec ces gens. Ce sont peut-être des enfants, mais les enfants couvent sournoisement leur dangerosité.

Elle voudrait se lever pour écrire sur la vitre son prénom et son nom, les entourer d'un cœur, comme lorsqu'elle avait l'âge de ces enfants menaçants. Mais c'est aussi le geste qu'elle faisait pour écrire au tableau les équations qu'ils ne comprenaient pas, son dos exposé, leurs yeux plantés dedans.

Et si l'un d'eux commençait à la chahuter, à se moquer, à l'insulter – ce n'était jamais très distinct –, elle était obligée de jouer le jeu, le reprendre, lui demander de se taire – mais le ton n'y était pas, elle n'y croyait pas elle-même, personne n'y croyait. Pourquoi devrait-il se taire ?

Parfois elle faisait de l'humour. Ça marchait chez certains, mais elle se disait aussitôt : J'essaie de les acheter, je les amadoue pour détourner leur attention. Je triche. J'ai peur, et je leur mens, je fais du théâtre, tout est faux. Je n'ai pas de raison d'avoir peur, ce sont des gens. Des enfants. Pas des spectateurs qui vont me siffler à la fin de la représentation.

Elle s'était attachée à certains élèves, et ceux-là, elle le sait pour l'avoir entendu de la bouche d'une de ses collègues, l'admiraient. Des élèves l'admiraient, d'autres la méprisaient. Comment cela était-il possible ? Pourquoi ne l'aimaient-ils pas tous unanimement ? Pourquoi ne lui donnaient-ils pas juste un peu d'amour, ça leur coûtait tant que ça ? Elle luttait contre sa peur bien sûr. Elle n'aurait pas supporté de ne pas lutter.

La volonté, la volonté, la volonté.

Elle parvenait à la jouer sa scène. Mme Lucie Nadar entrait dans la classe en même temps que dans son rôle, une prof un peu sympa, un peu sévère, « humaine », souhaitant par-dessus tout la réussite de ses élèves. Quand ça fonctionnait, Mme Lucie Nadar aimait son métier. Mais rien ne pouvait garantir que ça tienne. Rien. Il suffisait qu'elle ait mal dormi la veille et son jeu devenait exécrable. Elle était alors à la merci. Pouvait-elle se permettre cela ? À la merci de ses humeurs, de la voracité des élèves, et de cette angoisse de s'effondrer sous leurs yeux.

Ça s'est accéléré la deuxième année. Parfois, tandis qu'elle écrivait une équation au tableau, sa main se crispait et commençait à trembler, une faiblesse montait des chevilles et atteignait le dos. Une chaleur s'emparait d'elle, elle allait tomber, tomber devant eux qui allaient s'étonner d'abord, la prendre en pitié pour certains, puis rire, la piétiner, la dépecer. Il fallait qu'elle s'assoie immédiatement, sans qu'on le remarque, sans qu'on remarque la brusquerie de cet effondrement, le rouge sur ses joues et la transpiration sous ses aisselles. Elle observait l'horloge et calculait. Maîtriser la bête pendant moins de dix minutes était envisageable, elle avait ses stratégies. Mais si les aiguilles indiquaient qu'il lui restait plus de temps à tenir, alors la béance s'ouvrait. Sa voix s'éteignait peu à peu, elle parlait lentement et tenait à mains fermes la table. Ne pas tomber, ne pas tomber. La volonté. Les oreilles bourdonnaient, la tête allait exploser. Pourquoi lutter ? Et contre quoi lutterait-elle ? La mort, la honte ?

La sonnerie marquait la fin du cours, les élèves sortaient. Elle respirait lentement, et reprenait peu à peu vie comme si elle avait couru plus de douze kilomètres, épuisée. Tellement épuisée. Mais plus du tout tremblante. Et la chaleur avait disparu. Elle avait vaincu. Fière. Se disant : Demain je ne bois pas de café. Le café lui donnait des suées froides. C'était le café qui la mettait dans cet état. Le café et le manque de sommeil. La naissance de son premier enfant n'avait pas arrangé les choses. Elle ne pouvait pas affronter les élèves ET sa fille. C'est à ce moment-là qu'elle a commencé à fumer.

Puis elle a rencontré Vincent, qui un jour lui a dit, alors qu'elle rentrait à nouveau défaite après l'heure et demie passée dans les transports : « Cherchons autre chose. Tu n'es pas condamnée à être prof toute ta vie ! Financièrement, je peux assurer pour deux pendant quelque temps. » D'un coup, un autre horizon était possible.

Elle a trouvé ce travail de « journaliste » dans l'un des magazines scientifiques les plus populaires. Avec un seul changement de métro. Un magazine sérieux. Auquel elle peut attacher son nom sans rougir, même si ce n'est pas le CNRS, bien sûr.

Un magazine où elle passe parfois des heures à rêvasser. Elle n'a pas beaucoup travaillé aujourd'hui. Mais l'après-midi touche à sa fin. Il bruine toujours et Vincent ne rentre pas ce soir. Le magasin de chaussures l'attend. Il y fera chaud et des vendeuses s'occuperont d'elle, lui feront essayer plusieurs paires, bien que l'heure de la fermeture approche. Elle leur dira : « Je repartirai avec de nouvelles chaussures, c'est promis. » Les vendeuses seront contentes de terminer ainsi leur journée pourtant mal commencée sous ce ciel gris en milieu de semaine. Lucie quitte le bureau, pleine d'allégresse. Elle sourit à ceux qui restent tard, en se disant Les pauvres, elle distribue les « bonne soirée » enjoués à qui veut, elle est libre. Dans la rue, elle hésite : prendre le métro pour une boutique chic qu'elle connaît près de la place Vendôme mais dont les prix sont déraisonnables ou pousser jusqu'à Italie 2 et trouver des tennis compensées qui lui permettraient tout à la fois de marcher confortablement et de gagner quelques centimètres ? Elle a une préférence pour la seconde solution, ayant repéré des modèles sur la Toile. Au début, elle s'était dit : C'est vulgaire ; mais maintenant que tout le monde en porte, y compris Kate Moss et Chloë Sevigny, elle se rend compte qu'elle manque d'audace. Elle est conservatrice dans ses goûts, la nouveauté lui fait peur. Et puis, Italie 2, c'est à une station de métro.

Dans la boutique, un nombre incalculable de modèles de baskets la laissent désœuvrée. Comment choisir, elles sont toutes différentes, sans qu'on puisse dire exactement pourquoi. Une amie aurait pu l'aider, elle songe alors à Julie, dont le goût est toujours sûr, et même lorsqu'elle n'aime pas sa tenue, la façon qu'elle a de l'assumer la fait changer d'avis. Elle lui écrit un texto pour lui demander si elle est dispo : « Problème de chaussures, tu as une minute ? » La réponse ne se fait pas attendre. Julie aime qu'on la sollicite pour ce genre de conseils. Lucie lui envoie alors des photos de plusieurs modèles. Julie en élimine trois d'office. Mais ça ne suffit pas, il faut essayer. Fatiguée d'écrire, Lucie finit par l'appeler en FaceTime pour qu'elle assiste à l'intégralité de la séance d'essayage. Elle marche, avec les chaussures neuves, d'avant en arrière, le portable tourné vers ses pieds. De l'appareil sortent les critiques comme s'il s'agissait d'une chronique de mode pour *Vogue*. La vendeuse entre dans la discussion, et finit par parler seule avec Julie. « Oui, répond Julie, celle-ci est trop ronde sur le bout, les bandes latérales ne font pas du tout oublier l'effet boudiné, on achète des baskets pour le confort, d'accord, mais à deux cents balles, c'est aussi pour l'esthétique. » Lucie finit par s'immiscer : « Je préférerais quand même des moins chères. Enfin, si on en trouve des belles… qui affinent. » La vendeuse et Julie reprennent leurs investigations qui s'arrêtent conjointement sur une paire de chaussures bordeaux, chics sans conteste, mais qui n'auraient pas suffi à sauver sa journée si elle avait su, dès le matin, que son choix se fixerait sur elles. Lucie ne peut pas désavouer Julie, ni la vendeuse. Ça fait une demi-heure qu'elles s'occupent de son cas. À sa demande. Pas question de passer pour folle, ou pire, ingrate. Elle remercie Julie et s'approche de la caisse. Elle compose le code comme une condamnée et quitte le magasin sous la pluie, le sac de chaussures au bout du bras, hésitant à le déposer dans la première poubelle, puis se reprenant. À force, elle s'habituera, certaines cohabitations finissent par entraîner des sentiments d'attachement.

Elle rentre chez elle, vaincue. Augustin vient se lover dans ses bras. Mon petit garçon. Elle ferme les yeux et le serre, respire ses cheveux, son odeur, retient ses larmes. Mina sort de sa chambre, « Salut maman », Lucie se dégage de l'étreinte et lui tend le sac. « Tiens, cadeau. » Mina bondit de joie. Elle ouvre le carton.

« Ouah ! canon ! Elles sont trop bien !… Mais elles sont bordeaux !

— Oh pas tant que ça. »

Le retour du guerrier

Le flux du temps s'est amenuisé, sa cadence est infime depuis que la mort est une mesure. Les jours raccourcissent. Un soir sur deux, un copain d'Augustin ou une amie de Mina vient dormir. Le monde des enfants prend le dessus, Lucie s'y glisse, passive. Elle s'en tient à préparer des repas et à quelques recommandations. Puis elle s'enferme dans sa chambre et lit des revues scientifiques. Quand Vincent a du réseau, il appelle sur WhatsApp et lui montre ce qu'il y a autour de lui, des murs lépreux, des lumières blafardes, parfois quelques personnes, des membres d'ONG, des fixeurs. Directeur adjoint, il est celui qui doit se rendre sur place pour s'assurer que les implantations fonctionnent, discuter avec les autorités et passer le relais aux équipes locales, définir les stratégies au cas par cas, puis faire remonter au conseil d'administration le résultat de ses missions. Lucie écoute ses récits, mais ne dit rien d'elle. Qu'aurait-elle à raconter au regard des vies qu'il sauve, des expériences extrêmes qu'il relate, souvent désabusé, excédé, triste ? Son quotidien à lui : la misère, la pauvreté, les blessures de guerre, les enfants affamés. Le sien :

le petit déjeuner, le métro, la tour dans laquelle le journal a ses locaux, montée, descente dans l'ascenseur vitré, puis les courses, le dîner. Elle donne des nouvelles des enfants, parce qu'il insiste. Pas plus. Passive là encore. D'une utilité relative. La nuit, elle essaie de ne penser à rien. Mais depuis quelque temps, c'est le visage de Lucas qui s'invite, peut-être parce qu'il ressemble à ces ombres qui apparaissent derrière Vincent sur l'écran de son téléphone, silhouettes incertaines et filiformes, à qui parfois il adresse un mot. « Ali, je te présente ma femme », et Ali s'approche de la caméra, sourit et salue Lucie. Elle fait bonne figure. Lucas à quinze ans, seize ans, dix-sept ans, les yeux noirs et la peau brune, ces boucles qui tombent dans le cou, et ce sourire ambigu, inquiétant. Le corps leste, agile, fait pour les bois et la vie sauvage. Lucas le silencieux, qu'ils observaient tous les trois, cachés derrière le fourré, ou à travers le trou du mur, pour comprendre sa chorégraphie, lui supposant un sens magique. Lucas qui leur faisait peur, à elles deux comme à Louis. Pourtant, il ne s'intéressait pas à eux. Il n'aimait pas son frère, moins encore ces petites auxquelles il ne comprenait rien, l'une aux borborygmes dérangeants, l'autre toujours à vous scruter, comme un animal prêt à détaler. Lucas qui dégageait un mélange de transpiration et d'autre chose d'intime, ne se lavait que dans le fleuve, elle le reconnaissait à l'odeur avant de le voir arriver. Lucas dont au fond ils ne savaient rien, à qui ils ne parlaient pas, et qui n'était venu que trois étés, pour de courtes durées les deux premiers, plus longtemps le troisième, « parce qu'il y avait des problèmes avec le père ». C'est ce qu'elle avait entendu, un soir dans la cuisine, quand Sophie avait déposé les garçons et qu'elle chuchotait avec sa grand-mère. Ne lui parvenait qu'un mot sur deux, mais ça, « problèmes avec le père », elle en était sûre.

Lucie remonte la couette et ne veut pas s'endormir sous ce regard noir, dans cette odeur. Quand Vincent n'est pas là, des personnes du passé s'invitent. Elle les accueille, comme on offre l'hospitalité. Pourtant, au matin, rien ne lui reste.

Puis un jour Vincent téléphone pour lui annoncer la nouvelle : il rentre une semaine plus tôt, l'a négocié avec le président, les missions ont été accomplies et une équipe arrive sur place pour assurer le suivi.

C'est pour elle. Un cadeau. Un gage d'amour. Elle le sait. Comme s'il avait senti qu'il était temps, entendu son appel silencieux. Mais peut-être a-t-il lui aussi envie de la retrouver, pourquoi imagine-t-elle toujours que les autres lui font la charité ? Vincent sera là dans quelques jours. Les coups de téléphone se font plus légers. Elle prend le temps de raconter les soirées pyjama d'Augustin, les disputes de Mina avec son ex-meilleure amie, l'avancée du dossier et ses lectures. Elle parvient à lui dire qu'il lui manque, que son corps lui manque, tout en caressant le drap vide à ses côtés puis reniflant ses doigts, cherchant à détecter son parfum.

Les dernières nuits sont plus tranquilles, assurées d'être bientôt à nouveau partagées.

Pour son retour, elle a préparé un gigot et des pommes de terre rissolées, s'est habillée avec soin. Augustin lui a dit : « Tu es belle, maman », et même Mina s'est arrêtée un instant pour la jauger, d'un œil appréciateur. Ils l'ont aidée à dresser la table, joyeux. Les traces du désordre, des nuits passées avec copains, copines, des matelas par terre et des couettes tachées de chocolat ont disparu dans un grand mouvement collectif. Les enfants attendent, impatients, que le père rentre. Elle-même regarde par la fenêtre, pour être la première à apercevoir le taxi. Mais c'est la pluie qu'elle voit tomber dans la rue. Sa vue se brouille, elle ne sait plus si elle est contente qu'il revienne.

Des bruits de clés se font entendre en bas de l'escalier. Elle les reconnaît comme un chat qui se poste devant la porte d'entrée quand son maître vient juste de tourner au bout de la rue sur son scooter. Ce sont les pas de Vincent, le frottement de sa valise contre les murs, sa toux. Le pouls de Lucie s'accélère. Enfin, il est là. Mais tandis qu'il ouvre la porte, elle n'a plus envie d'aller à sa rencontre, laisse Augustin lui sauter dans les bras et Mina l'embrasser. Bien obligée, elle y va à son tour, mais ne l'a-t-il pas abandonnée pendant des jours et des nuits ? Pourquoi le retour du héros devrait-il nécessairement susciter des applaudissements et des pleurs de gratitude ? Est-ce qu'il sait, le héros, la vie de la femme qui l'attend ?

La rancune monte en elle, mais elle doit s'approcher pour ne pas gâcher la scène des retrouvailles. Les enfants poseraient des questions. L'important est de faire comme si, pour qu'on la laisse tranquille. Mais Vincent n'est pas dupe. Il la connaît si bien. Ce n'est pas la première fois. Lucie déteste les retrouvailles, il lui faut du temps, pour tout. Accepter que l'autre parte. Accepter qu'il revienne.

Vincent l'embrasse et déballe sa valise : un cadeau pour Augustin, un cadeau pour Mina (du parfum ou une crème en duty free), un châle pour Lucie, qui n'en porte jamais, lui rappelle-t-elle en le remerciant, mais il a une très belle couleur.

Ils se mettent à table, Vincent complimente les plats, il n'a pas mangé aussi bien depuis presque un mois ! « Trois semaines », précise Lucie, férue d'exactitude. « Je ne savais pas que tu comptais les jours », la taquine Vincent ; elle concède un sourire. Il raconte aux enfants, explique les conflits et leurs raisons géopolitiques, les forces en présence, l'histoire du pays, la difficulté d'y travailler et le peu d'espoir qu'il a, mais aussi la beauté encore glorieuse sous les ruines qui menacent.

Dans la chambre, Lucie se met au lit et se tourne du côté extérieur, prête à dormir. Vincent vient derrière elle et caresse son dos, puis plus brusquement la retourne. « Arrête », la somme-t-il. « Arrête quoi ? » Mais il n'est pas décidé à entrer dans son jeu. Il rejette la couette, ôte sa culotte, la caresse encore et entre en elle, qui finit par céder. Ils font l'amour d'abord brutalement, puis avec une tendresse retrouvée. Elle pose sa tête sur son torse, apaisée, et s'endort sans la visite inopportune de fantômes du passé.

Décembre

Décembre était jadis un mois plus joyeux que les précédents. Désormais, il y a cette date qui occulte les fêtes. Héloïse est morte un jeudi 20. Et chaque année, Lucie se rappelle, comme si elle y était dorénavant obligée, les départs en Dordogne pour les fêtes, le lendemain de la fin des classes : ses parents la laissaient partir avec Héloïse, avant de les rejoindre une nuit et un jour, pas plus. Toutes deux, elles montaient dans le train, avec les parents d'Héloïse. Les vacances commençaient dans le compartiment. Héloïse n'était une enfant sage et obéissante qu'en apparence. Timide, elle se confrontait le moins possible aux adultes. Mais dans leur monde que personne, par chance, ne pouvait pénétrer, elles redessinaient les coordonnées, classaient les grandes personnes dans différentes catégories, et les imitaient en leur inventant un bestiaire. Héloïse était particulièrement attentive aux gestes et aux odeurs, ne pouvant imiter les intonations de voix. Pourtant, Lucie pouvait presque entendre les accents quand elle commençait à singer leurs expressions. Cette faculté d'imitation ne se limitait pas aux adultes, les deux petites filles observaient les gens, les animaux, et s'en appropriaient tous les comportements. Le monde était ramené entre leurs mains. Elles étaient alors toutes-puissantes. Une fois qu'elles étaient arrivées à la gare, les grands-parents, puis seule la grand-mère après la mort de son mari, venaient les chercher. Lucie connaissait alors le chemin par cœur, et bien que pressée d'arriver, elle n'en aurait manqué aucune étape. Collées l'une à l'autre, crachant de la buée par la bouche comme de la fumée de cigarette, elles demeuraient le cœur battant jusqu'à ce que la voiture se gare dans le crissement inoubliable des graviers. Un grand feu les attendait invariablement dans la cheminée, et des parfums de gâteau. Parfois, des grands-oncles et grands-tantes venaient, accompagnés de leurs enfants et petits-enfants. Parfois, la famille était réduite à ses seuls membres, les parents de Lucie, ceux d'Héloïse, les grands-parents. On passait Noël tous ensemble, et on se séparait la veille du Nouvel An. Les adultes ne comprenaient pas le déchirement qui inaugurait chaque année nouvelle.

La maison de Dordogne a été vendue et ceux qui l'habitaient sont tous morts. Le repas copieux du 25 au menu traditionnel contraint avec obstination à compter les places vides autour de la table. Décembre a changé de gueule. Mais décembre ne peut pas cacher qu'il a été décembre.

Ils ont renoncé à la Bretagne, et sont restés tous les quatre à Paris pour fêter Noël. Le père de Vincent vit en Espagne, les parents de Lucie en banlieue, et honorent un tournoi de belote avec leurs voisins. Les cadeaux attendent au pied du bonsaï, Lucie n'aime pas les sapins, ça laisse des aiguilles partout, et il suffit d'avoir été une fois en Forêt-Noire pour savoir que c'est un arbre sinistre.

À table, ils jouent au questionnaire habituel : les moments les pires, les moments les meilleurs de l'année. À quatre, ça ira vite. Vincent dit, mon voyage au Yémen. Lucie sait qu'il a dû assister à l'agonie d'un jeune homme, il n'en parlera pas. Avant, elle l'écoutait des heures raconter ses tournées en Afrique et au Moyen-Orient, aujourd'hui sa curiosité s'est tarie : elle ne lui demande plus. Et ce n'est pas une chose qu'il lui imposerait. Augustin a perdu en finale au tennis (« Oui mais quand même, tu es allé jusqu'en finale », dit Vincent). Mina s'est fait larguer par son amoureux (« Tu exagères, tu disais que tu ne le supportais plus », lui rappelle Lucie). Lucie ne trouve rien. Elle a beau chercher.

« Allez, on fait le mieux ! » Vincent pose une main sur celle de Lucie – leur week-end dans le Cantal, près de Saint-Chély-d'Apcher, dans une grande bâtisse reconvertie en chambres d'hôtes. Tout y était parfait, les randonnées, les dîners, les baignades dans le lac, les nuits. Les enfants font des palmarès, bonnes notes, souvenirs de vacances, petites victoires. La dinde est finie. Il est vingt-trois heures. On ouvre les cadeaux et on boit une dernière coupe de champagne. Lucie est épuisée. Dire que dans une semaine il faut recommencer.

Le 31, ils dînent cette fois tous les trois. Mina est chez son père. Ils ont acheté un plateau de fruits de mer et ouvert un sancerre blanc. C'est maintenant la liste des vœux : Lucie, un peu éméchée, dit qu'elle doit changer quelque chose, mais elle ne sait pas quoi. Elle a beau regarder autour d'elle, elle ne voit que des gens et des choses qu'elle aime. Ce n'est donc pas là qu'il faut chercher. À l'extérieur peut-être ? Changer de ville ? De pays ? La garde-robe de Vincent ? Vincent fait mine de s'étonner. Non, depuis le temps, elle aurait réussi à transformer ses goûts, il n'y a plus d'espoir pour qu'il achète de lui-même une chemise convenable. Celle qu'il porte est affreuse. Le ton n'est plus taquin. Augustin s'insurge devant la seule évocation d'un déménagement. Les vêtements de son père, il ne les remarque pas. Mais l'idée de partir était purement hypothétique : Lucie est plus sédentaire qu'un enfant pour qui s'éloigner de ses copains de classe constituerait le paroxysme de la brutalité. Vincent échaudé par le ton agressif de Lucie émet des suggestions : « Le plus simple serait de changer de mec. » Lucie hausse les épaules : « Ça, c'est exclu, il suffit que tu me laisses acheter tes fringues. » Vincent ne souhaite pas approfondir :

« Il reste ton métier.

— Mais non, mon métier je l'adore ! » se révolte-t-elle, tout en se demandant pourquoi cette résistance.

Elle l'adore, c'est certain, mais elle n'a plus jamais envie d'y aller. Est-ce un cycle ? Quand elle a rencontré Vincent, il lui a fait arrêter les cours de physique au lycée ; si elle arrête ce qui l'avait pourtant tant séduite au début, cela ne veut-il pas dire qu'elle est juste bonne à rien ? Incapable de tenir la distance ? Velléitaire ? Ses parents ont passé toute leur vie à l'hôpital, et maintenant ils en sont nostalgiques ! Les gens se définissent par leur métier ! Pourquoi n'arrive-t-elle pas à se fixer ?

Il faut encore attendre une heure pour taper sur les casseroles. Lucie n'a pas le courage de rester debout, elle s'endort, Vincent et Augustin veillent en regardant leur portable. Elle va se coucher, désolée de leur offrir un jour de l'An si peu festif. Mais l'obligation de la joie, ça non, elle ne peut pas. Il y a tous ces visages qui tournoient devant elle, bouches ouvertes, yeux brillants, ils voudraient parler mais n'ont plus de langue, trous noirs. Elle va perdre l'équilibre.

Pourtant elle ne s'endort pas tout de suite. Devant ses yeux défile un autre bilan que celui des promesses de lendemains heureux : année blanche. Septembre, octobre, novembre, mois blancs. Enterrement de Louis. Quelqu'un a déchiré l'univers d'où s'écoulent les anciennes joies. Courbatures fantômes : je ne fais pas de sport ! d'où vient le mal ? Tout s'affaisse. La bête féroce est revenue.

L'amour ne suffit pas

Ils n'ont pas vraiment eu de vacances, et pourtant elle les regrette déjà, assise à son bureau, à rédiger un premier article sur la physique galiléenne. Combien de temps faudra-t-il attendre pour retrouver la vie à quatre entre leurs murs, blottis les uns contre les autres, hors de danger ?

De longues journées à lire des articles, des journées à regarder le ciel gris évoluer par rapport aux tours-repères, aux derniers étages desquels des gens sans doute sont engloutis dans la brume et ne voient rien, strictement rien, du paysage qui les entoure. Des journées interminables loin de chez elle sans ses enfants et son mari, sans cheminée et sans le feu qui pourrait y brûler s'ils avaient pu faire nettoyer les conduits obstrués par les voisins du dessus… Et la litanie de ses heures d'ennui impose son rythme entêtant. Sa liste est variable, accueillant ce que l'actualité propose. Défilent devant ses yeux fatigués des éventualités :

– une bombe explose dans le métro (a)

– un homme surgit et la tue à coups de couteau, parce qu'il n'y avait plus de place à l'asile psychiatrique (b)

– elle se fait écraser parce qu'elle écoute un podcast dans son casque antibruit en traversant (c)

– ses enfants ont un accident, ou juste l'un d'entre eux, et son mari aussi, lui qui déteste le métro et conduit un scooter électrique silencieux, que, forcément, personne n'entend (d)

Toutes ces possibilités réunies, dans des probabilités relativement élevées depuis les attentats et l'invasion des trottinettes électriques, ces probabilités qui la séparent de ceux qu'elle aime le plus au monde, et qui peuvent se combiner, (a) + (b) compatible avec (d). Et elle qui s'éloigne chaque matin de ce foyer-là, de ce foyer de vie, pour de longues journées *passionnantes* mais lointaines, quand (d) (le pire) peut s'associer à l'explosion d'une bombonne de gaz bourrée de clous placée devant une vitre et que les éclats se fichent dans la chair, déchiquetant membres et artères. Mais sont-ils fous de se séparer ainsi, eux qui, les uns sans les autres, ne pourraient pas survivre ? Affrontant chaque jour tous ces possibles et leurs combinaisons : ils se disent « au revoir », les inconscients, « bonne journée », les aveugles, « à ce soir », les naïfs, sans savoir si ce « à ce soir » pourra s'accomplir. Elle voudrait être chez elle, devant ce feu de cheminée dont elle ne profitera jamais à cause de ces cons du dessus, ces individualistes qui ont obstrué le conduit pour creuser une armoire, empêchant, dans la pure illégalité, tous les occupants de l'immeuble de se réchauffer le soir chez eux, un verre de vin rouge à la main. Ou de blanc, de rosé, de whisky ; on n'est pas obligés d'avoir tous les mêmes goûts. Elle doit penser aux autres.

La brume s'est dissipée, on voit désormais le dernier étage de la tour, les habitants doivent être contents : bienvenue chez les vivants !

Ou peut-être au contraire sont-ils tristes d'avoir été chassés des nuages. Ils sont comme tout le monde dorénavant, des habitants de la tour, visibles et voyants, appartenant à un même bloc d'immeubles qu'elle pourrait photographier de là où elle est. D'ailleurs, elle l'a photographiée. Sous tous les temps et à toutes les heures. Pourquoi, elle ne saurait le dire. Cette tour droite, forte, puissante, peu importe qu'elle soit moche, elle ne faiblit jamais, elle.

Lucie se remet à écrire, mais à la fin du paragraphe sur la discontinuité du temps chez Descartes, elle songe aux prochaines vacances, à la mer, en Bretagne – ne pas y être allé à Noël était une erreur –, elle y pense comme à une grande joie. Elle se refrène alors, la « grande joie » au futur peut apporter le mauvais œil. Et si justement ils ne parvenaient pas à partir en Bretagne à Pâques pour toutes les causes habituelles, et de nouveau la liste, qui ne la laisse pas en paix – (a), (b), (c), (d), mais aussi grève de la SNCF, voiture en panne à l'arrivée parce que c'est une 205 Roland Garros qui appartenait à sa grand-mère et qui n'a pas passé le dernier contrôle technique –, alors elle saurait exactement à quel point elle serait désespérée. Elle l'éprouve là, à l'instant, cette pointe de désespoir.

Mais si le temps n'existe pas – et la plupart des physiciens s'accordent là-dessus –, alors elle ne risque rien.

Elle tombe sur l'article de Carlo Rovelli à propos de Nabokov et des papillons. Rovelli a écrit sur le temps.

Pour lui non plus, il n'existe pas… Mais pourquoi les papillons ? Elle ignorait tout de cette passion de Nabokov, plus grande encore que pour l'écriture, l'obsession du chasseur de papillons, qui par la suite les décrit et les classe, l'engouement pour la taxinomie, le détail, le rangement. Une répétition infinie, une itération, il y aura toujours de nouveaux détails à inventorier. De nouvelles cases. De nouvelles catégories. Des genres. Des espèces. Et des individus. Des individus solitaires, ça n'existe pas dans la nature, on appartient toujours à une famille, une espèce, ou un genre. L'individu est la terminaison de tout cela, le point d'aboutissement. Je suis un point d'aboutissement, se dit-elle, mais un tel point peut-il se détacher de ce dont il est issu, et se retrouver si seul, si abandonné ? Toutes ces générations pour arriver à ça ? Une fille qui se suicide et une survivante.

Nabokov était un type bizarre. Lucie n'a pas beaucoup de rapports avec la morale, mais elle sent quand les gens sont étranges, et Nabokov fait partie de ces gens étranges, étrangers, exilés – un Russe qui a trouvé refuge aux États-Unis. L'étrangeté est *objective*, mais il y a plus, il y a toujours plus pour qui consacre sa vie à écrire et à chasser des papillons. Il écrit drôlement, ce Rovelli, c'est ça qu'elle doit faire, de l'anecdote à côté de la théorie, du biographique, de la correspondance, des événements qui « incarnent » un conflit théorique. Mais plus on s'éloigne dans les sphères quantiques infiniment petites, moins on peut « incarner », les corps ne se soumettent plus à l'imagination.

« Un peu plus de cash, cash / J'ferme les yeux sur ses traces » surgit de son téléphone. Elle saute dessus pour baisser le son. Même si ses collègues de bureau s'y sont habitués, le rap de Columbine est une intrusion dans cette atmosphère laborieuse où résonnent, dans un silence approximatif, les tapotements des doigts sur les claviers. Son fils lui a installé cette sonnerie sans qu'elle le lui demande, elle ne sait pas la changer. Aussi met-elle la plupart du temps son téléphone sur silencieux, seule manipulation dont elle soit capable, et qui lui fait rater neuf appels sur dix. Sans compter que Mina à son tour a voulu personnaliser ses appels. Lucie lui a rappelé qu'elle travaillait dans un open space. Mina n'a pas vu le problème. Elle s'est mis en tête de faire l'éducation musicale de sa mère et change régulièrement en fonction des tubes du moment le son de ses coups de fil. Parfois, Lucie l'entend sonner, sans imaginer un instant qu'il s'agit de son propre téléphone. Les gens autour d'elle commencent à soupirer et jeter des coups d'œil agacés à son bureau. Ce n'est qu'au deuxième appel, insistant, qu'elle comprend et décroche, s'excusant d'un geste de la main, et s'isolant vers la machine à café. « J'en ai marre, Mina ! » mais Mina est toujours pressée, elle a une information fondamentale à donner, pas le temps de parler harmonies et accords. Lucie connaît mieux la musique de l'âge de sa fille que celle de ses jeunes années. Jamais elle n'a partagé une musique – sans doute par fidélité à Héloïse, qui ne pouvait en écouter –, jamais non plus elle n'a pu retenir les paroles d'une chanson. Est-ce qu'on peut faire partie d'une génération quand on n'est pas capable de ça ?

« Quand est-ce que tu rentres ? »

Il est à la maison, et il n'y a personne. Augustin n'aime pas être seul dans l'appartement vide dont il doit allumer les lumières.

Elle connaît bien cette sensation : les murs se taisent à peine vous entrez, vous interrompez leur conversation. Ils mijotent quelque chose et vous observent en vous méprisant, parce que vous n'êtes rien, que l'occupant éphémère d'un espace qui vous oubliera, qui n'attend qu'à vous oublier. Ces habitants naïfs et sûrs d'eux, qui croient posséder des murs… et d'autres qui savent qu'il faut négocier le pouvoir.

Augustin a des devoirs pourtant, et pourrait aller directement dans sa chambre ouvrir son ordinateur. C'est ce qu'il fera tout à l'heure, mais pas sans avoir demandé à sa mère quand elle rentrait : les transitions toujours doivent être marquées, sinon on confond tout. Cette demande la rassure ; un être a besoin d'elle et l'attend quelque part, rend sa présence indispensable, son départ du bureau nécessaire, à une certaine heure de la fin d'après-midi. Et voilà que ses gestes perdent la gratuité qui se colle à eux si personne n'intervient pour exiger d'elle quelque chose, sa présence par exemple, de faire des courses, ou de préparer à dîner. Qui justifie ce qu'elle fait, et ses horaires, et inscrive son emploi du temps dans une structure objective.

Pourtant, il y eut une époque où elle n'avait plus besoin d'être ainsi rassurée. En rencontrant Vincent, elle s'était sentie soudain si vivante qu'elle avait perdu l'habitude de se regarder vivre.

Avec Goran, le père de Mina, ils ne s'entendaient pas mal : deux bons camarades qui n'aiment pas le conflit. Le soir elle rentrait du lycée épuisée de ses combats intérieurs et de la ligne 13 du métro. Elle ouvrait la porte et une odeur d'ail et de pain chaud lui sautait à la gorge. Il avait encore préparé du pain de ses propres mains. Une sorte de focaccia à l'huile, aux herbes et à l'ail. Au début, c'était un tel réconfort, celui de se dire : mon homme prépare le repas, me nourrit et me protège. Le voilà mon foyer. Goran la prenait dans ses bras, lui ôtait sa veste, lui proposait un verre – déjà. Puis il attendait qu'elle lui raconte sa journée. Alors elle essayait de s'y appliquer. Le trajet en métro où le plus grand a nécessairement plus de chance de survie. Lucie est de taille moyenne. Elle n'avait comme vis-à-vis que des torses, des épaules, parfois des aisselles quand le passager se tenait à une barre maculée de tous ces doigts. Combien de doigts se posaient sur les barres en métal des rames de la ligne 13 ? Est-il possible de comptabiliser toutes ces empreintes digitales, tous ces gènes mélangés, ces milliers, ces millions d'index, certains répertoriés dans les fiches signalétiques des archives de commissariat… Goran était patient, il écoutait, il souriait. Puis arrivaient la sortie du métro, les derniers pas la séparant du lycée, et enfin l'entrée dans l'autre monde, la peur qui monte, les adolescents jouant dans la cour, ou traînant à deux ou trois, ou assis par terre, leur sac à dos à leurs pieds, et toujours, lui semblait-il, une sorte de moue moqueuse aux lèvres, la suivant du regard… là s'arrêtait le récit. Parce qu'il fallait mélanger la ratatouille. Ou éteindre le four. Ou resservir à boire. Goran souriait : ils te regardent parce qu'ils te trouvent belle. Lucie soupirait et abdiquait. Oui, sans doute, ça doit être ça. Il n'était pas utile de continuer l'épopée de la peur, Goran n'aurait pas compris, pas voulu comprendre. La peur peut être contagieuse, il n'en était pas prémuni. Aucun anticorps. Dès qu'elle commençait à dire, je ne sais pas si, ou je ne sais plus si, ou au fond…, il passait à autre chose. Elle n'avait pas le droit d'être fragile, un point c'est tout. Et très vite, tout de suite peut-être s'était-elle dit : C'est bien, il ne m'autorise pas à m'apitoyer, il va me faire grandir. Elle s'était vite raconté une histoire. Parce que des jours, des mois, des années plus tard, quand elle rentrait et respirait l'odeur du pain, de la ratatouille, du gigot, du gâteau au chocolat, du risotto, du crumble aux pommes, du soufflé au fromage, et de toutes ces recettes qu'il cuisinait pour elle, avec ce grand projet à terme de créer une carte assez solide pour vendre des plats à emporter, elle avait des haut-le-cœur. Traiteur de chez soi, en attendant les contrats d'intermittence, c'est bien, non ? Ça allie le plaisir et l'indispensable. Et cette carte qui s'agrandissait mais jamais n'aboutissait à un projet sérieux, la création de statuts administratifs par exemple, à partir desquels il aurait pu créer quelque chose d'officiel, quelque chose d'existant. Quand ces parfums de cuisine ont commencé à lui donner la nausée, et qu'ils n'arrivaient plus à se parler, elle de ses angoisses qu'il ne voulait pas entendre, lui de ses projets qui n'advenaient jamais, quand au milieu d'eux ces festins méditerranéens érigeaient comme un rempart, ou un gros oreiller où endormir les malentendus, elle a pris conscience de l'ennui mortel qui la désintégrait petit à petit. Alors elle a décidé de faire Mina. Quelques années plus tard, et désormais bien avertie de l'erreur commise, elle était prête à renoncer au désir, au bonheur, à l'amour. Elle avait déjà fait un grand pas dans cette direction. Seule sa fille la tenait éveillée.

C'est là que Vincent arrive. D'abord son dos. Ils sont sur une plage dans les Landes. Et un dos lui masque son soleil. Elle est obligée de s'adresser au dos, non sans avoir remarqué les muscles saillants qui frémissent et ruissellent, une vraie affiche de pub, elle dit : « S'il vous plaît », elle hausse le ton, il finit par se retourner et, ce faisant, libère la puissance du soleil qui violemment l'aveugle. Elle est éblouie, littéralement, se protège les yeux, il s'excuse et se remet devant son soleil. Mais du coup, ils n'ont plus rien à se dire, s'il bouge, elle n'y voit plus rien, s'il reste, elle gèle. C'est la façon dont il lui présente la situation. Ça la fait rire. Goran est resté à l'appartement de location. Pour préparer le déjeuner. Elle surveille Mina près des vagues. Vincent est avec des amis. Il lui demande si elle veut se joindre à eux, mais elle explique : sa fille, son compagnon. Le ton est si triste qu'il se sent obligé de s'asseoir à côté d'elle, comme si elle allait tomber alors que son corps est parfaitement moulé dans le sable. Vincent lui propose d'inviter son compagnon. Elle hausse les épaules.

« Il a déjà cuisiné.

— Et alors ?

— Alors la nourriture c'est sacré !

— Vous pourrez toujours réchauffer, non ? »

C'est alors qu'elle se lance, l'insensée, dans une proposition qui l'étonne elle-même : « Ils se couchent tôt, je peux vous rejoindre ce soir pour un verre », son visage rougit un peu plus à chaque mot. La honte la submerge. Vincent l'observe, pas par sadisme, non, il évalue la situation. Alors il sourit. « Avec plaisir, bien sûr, ce sera beaucoup mieux. » Il lui donne rendez-vous au Central. À partir de là, ils pourront se promener et choisir, lui dit-il. Elle appelle Mina et s'enfuit de cette scène où soudain, elle a joué le rôle principal. Elle tremble, elle transpire, elle tient trop fort la main de sa fille et elle a oublié le râteau. Dans l'appartement, l'odeur de cuisine lui soulève l'estomac. Elle ne mange rien. Début de la résistance. Goran s'inquiète, est-elle malade ? Au lieu de mentir, elle répond « Non ». La sécession a commencé.

Le soir, elle surmonte la culpabilité qui a repris du terrain tout l'après-midi et dit à Goran, déjà couché : « Je vais faire un tour. » Ça ne souffre ni question ni commentaire. Elle embrasse Mina, comme pour lui dire adieu, ou la prévenir qu'une rupture est en cours. Au Central, elle retrouve Vincent, qui est avec quelques amis, il les lui présente. Les amis veulent aller danser. Lucie se crispe. Vincent le perçoit, il lui propose plutôt une promenade le long de l'océan.

Tandis qu'ils se frôlent et doivent parler fort pour couvrir le souffle des vagues et du vent, elle lui raconte sa vie parfaite, un mari gentil, une petite fille merveilleuse, un travail parfois difficile mais qui permet de partir en vacances. Ses mots n'arrivent plus à recouvrir le vide qui envahit tout. Elle qui était persuadée d'avoir une vie équilibrée. Et même de la chance. Lui aussi l'entend, ce vide. Il le lui dit. Il l'a connu. Pendant des années. Puis il a décidé de rompre avec lui, ce rien, cette morosité qui fait côtoyer des gens sympathiques, certes, mais qu'au fond on n'aime pas. On se demande après pourquoi on est resté si longtemps côte à côte, sans rien exiger d'autre, s'en contentant.

Ils se sont assis et elle a posé sa tête sur son épaule. Son cœur battait si fort, elle s'est aussitôt dit : amour de vacances. Illusion du soleil, du sel, du grand air. Peau bronzée, corps raffermis par les baignades, guitares au loin sur la plage. Cliché. Ne pas être dupe. Il a posé une main sur sa cuisse, sa peau a frissonné et soudain, violent, puissant, presque douloureux, le désir l'a subjuguée. Elle qui se couchait gentiment tous les soirs auprès de Goran, en espérant qu'il soit suffisamment fatigué pour ne rien lui demander, elle qui avait fini par penser : se passer d'amour physique, c'est possible et ce n'est pas si grave. La voilà qui voulait être déchirée, pétrie, pénétrée par l'homme assis à côté d'elle, mû lui aussi par les mêmes pulsions. Quand il a été si longtemps endormi, comment arrêter le désir ?

Il a affirmé son trait, s'est transformé en histoire. Vincent était l'évidence. Même après l'été, la mer, le sel et le soleil. Même en hiver. Même sans guitare au loin. Même quand Augustin est né et qu'elle ne dormait plus.

Une évidence telle qu'au physique s'est accroché le reste : à lui elle a pu tout raconter en passant l'introduction ; elle a dit la peur, il ne l'a pas jugée. Elle lui a vite présenté Héloïse, il n'a pas aimé le mari. Il les regardait communiquer avec les mains, fasciné. Vincent n'aimait pas parler, sauf à elle. Rester silencieux avec les deux cousines était pour lui comme un moment de paix. Elles acceptaient sa présence comme elles avaient accepté celle de Louis. Il avait peu à peu appartenu au cercle magique. Un peu dedans un peu dehors. Pas fâché d'être tenu à l'écart du centre, satisfait de sa périphérie.

La naissance d'Augustin a été si miraculeuse. Leur bonheur a été si miraculeux. Les années qui ont suivi ont été si miraculeuses. Alors pourquoi, là, maintenant, cette rechute ?

Elle a des réponses rationnelles : Augustin a quitté la bulle magique de la petite enfance. Vincent et elle n'ont pas assez de temps pour eux. Ils travaillent trop.

Derrière le chapelet de justifications rôde la bête féroce. Elle l'a reconnue. À la seconde. La lumière filtrant à travers les lattes des volets a commencé à la brûler, et les poussières virevoltantes se sont agglutinées pour fondre sur elle. Fini le lac et le chalet merveilleux, les oiseaux s'envolent et laissent un marécage désolé.

L'amour ne suffit pas, s'est-elle rendu compte alors qu'elle avait attendu de lui à peu près tout quand enfin elle l'avait découvert.

« Dans pas longtemps, j'arrive dans pas longtemps. Une heure et demie, ça va ? »

Ça va, oui, bien sûr, rien ne l'appelle aussi urgemment, sinon le désir de son fils de savoir sa maison habitée.

Un désir qui la leste. Une maison qui l'appelle. Une maison qui veut être habitée. Elle est attendue. Par l'entrée, le buffet sur lequel on jette les clés, les journaux, le courrier, et tout ce que contiennent d'inutile les poches, par le parquet croisé qui s'arrête dans la cuisine, revêtue d'un lino qui ressemble à du béton ciré. Par le couloir qui distribue les pièces, par le salon dont les portes s'affaissent, on a dû découper le bois pour qu'il épouse les angles. Elle connaît chaque détail pour les avoir longuement observés – une vieille habitude. Son appartement est comme une extension d'elle-même, la texture des murs lisses et satinés mais avec un grain que seule la main attentive peut repérer, le tissu du canapé, le bois ciré du parquet, elle peut les sentir en fermant les yeux. C'est son foyer, le vrai, pas celui qui sentait bon l'odeur du pain. Quelle joie d'habiter un vrai foyer, même si aucun feu ne peut y brûler. Un lieu où rayonne la chaleur, où l'on n'est jamais seul, plus jamais seul.

A-t-elle jamais connu cela, « la douceur d'un foyer » ? Celui qu'elle partageait avec Goran était un trompe-l'œil, elle n'était pas heureuse d'y rentrer, seulement soulagée. Et sa vie se mesurait en degrés de soulagement. Elle avait l'impression d'y être enfermée vivante et sortait Mina dès qu'elle le pouvait, imposant la promenade du soir comme rituel de survie.

C'est avec Héloïse qu'elle avait construit le premier foyer, l'originel, celui qu'incessamment on imite. La chambre rouge ; les animaux des fables de La Fontaine au mur, toile de Jouy rouge et blanc ; les deux lits jumeaux, barreaux en cuivre, draps brodés aux initiales de sa grand-mère. Après s'être brossé les dents dans le lavabo en faïence où seule l'eau froide coulait, puis les pieds dans le bidet – il y en avait dans chaque salle de bains – à l'aide d'une brosse souple pour enlever les grains de sable et petits cailloux ramenés des plages de la Dordogne, après avoir enfilé la chemise de nuit cousue par la grand-mère, elles ouvraient grand les draps et commençaient par faire semblant de dormir pour éloigner les adultes. Une fois les lumières éteintes, des mains se cherchaient, c'était le signal. Lucie fouillait alors sous l'oreiller, entre le matelas et les barreaux en cuivre : la lampe de poche y était cachée.

On tire les draps et on plante au milieu une chaise. Ils retombent et forment une tente sur les pans de laquelle les ombres se dessinent. On peut y projeter des saynètes, les mains au lieu de se parler font des figures devant la lampe, et ce sont les images dessinées sur le drap qui racontent une histoire. Il faut la deviner. Parfois, un bruit fait sursauter Lucie, elle éteint la lampe, les deux petites filles se figent, jusqu'à ce que le danger passe. Puis le cinéma reprend, elles écrivent un film qui se déroule soir après soir, année après année. Quand Louis est là, il ne dort pas dans la même chambre, mais il est invité, dès que la maison s'apaise, à venir les rejoindre. Lucie ou Héloïse va le chercher sur la pointe des pieds. Très vite, il vient tout seul, ils connaissent les bruits du jardin et ceux du salon, des murs et des plafonds, ils interprètent, s'invitent dans les espaces nocturnes, invisibles, les lieux fantômes qui disparaissent à peine le jour se lève. Quand ils n'ont plus d'inspiration, ils imitent les adultes : des yeux roulent, des joues gonflent, toute la famille y passe, parents, grands-parents, amis, leurs gestes bourgeois, la façon de porter la tasse à ses lèvres, de ne plus tenir sur sa chaise au bout du quatrième verre, de faire semblant. Louis se met à rire. Lucie lui pose une main sur la bouche, ils ne doivent pas réveiller la grand-mère, il lui mord les doigts, elle les retire, il prend sa main et l'engouffre entre ses lèvres, elle fait mine de résister, puis lui enfonce dans la gorge, il étouffe, ôte sa main qu'elle essuie sur ses cheveux, il la pince, elle le frappe, Héloïse se place entre eux, il faudra l'embrasser, c'est l'impôt du soir. Quand la lune est pleine, les trois descendent prudemment les escaliers qui craquent : une fois l'épreuve passée, ils sortent dans le jardin et se promènent le long de la Dordogne en se tenant la main très fort, le cœur cogne, un animal marin pourrait surgir et les dévorer, des ululements se font entendre, au loin des cris. Il ne faut pas trop s'éloigner, l'homme des marais pourrait se terrer quelque part et les observer, prêt à bondir. Depuis tout-petits ils entendent parler de son histoire. L'ogre. Le mangeur d'enfants. Qui vit dans les racines. De l'autre côté du fleuve. Vers la cabane abandonnée du pêcheur. Ils rentrent en courant, persuadés d'avoir vu sa silhouette furtive, ou senti, il paraît qu'il dégage une odeur violente. Ces jeux-là, c'était avant, quand la peur pouvait être domestiquée. Quand la peur n'était pas devenue maîtresse. Avant que les histoires de marais ne deviennent des cauchemars.

Elle va rentrer chez elle, son fils ne sera pas seul, jamais. Jamais il ne sera seul. Ses parents à elle étaient aimants, sans doute, comment savoir ? Mais ils n'étaient pas souvent là. Ils avaient des vies à sauver. Des responsabilités. Surtout la nuit. Son fils n'aura pas à se réveiller à trois heures, dans une maison vide. Inutile de mettre en place le système de garde : concierge, voisins, en phase 1 ; la phase 2 arrive vite, il suffit d'avoir sept ans. L'âge qui mérite une pleine confiance. Et auquel il est aisé de déchiffrer les mots accrochés à la porte du réfrigérateur, à côté des numéros d'urgence en cas de problème, *mais il n'y aura pas de problème*. Comment aurait-elle pu *faire* des problèmes alors que ses parents étaient en train de sauver des vies ? *Grosse égoïste*.

Quand elle se réveillait la nuit, elle ne se levait pas même de son lit, elle savait qu'ils étaient absents, elle sentait leur absence, plus encore que leur présence, elle le sentait à la peur, à l'horrible peur, pas celle des nuits de pleine lune le long de la Dordogne : celle des marais de cauchemars. On compte alors sur le sommeil qui vient, le sommeil finit toujours par venir. Il y a des doudous qui accompagnent, on serre le bois du lit et on récite des prières en yaourt, des prières pour endormir. Il ne faut jamais écouter les bruits de la maison. Car les meubles et les tuyaux parlent. Il ne faut pas les écouter, on croit toujours à tort que les paroles viennent des hommes. Or le plus souvent elles viennent des objets. Les objets peuvent-ils être dangereux ?

Elle s'est arrangée pour qu'aucune urgence ne l'arrache à ses enfants. Elle sera là, jamais on ne pourra « manquer » d'elle. Elle sera là, contrairement à sa cousine qui n'est plus, laissant les siens seuls à l'attendre, dans un appartement que Lucie s'est prise à haïr, l'appartement de la mort, mais une mort qui avait commencé à salir les murs bien avant la mort véritable. Un lieu qu'ils viennent de quitter, a-t-elle appris, pour partir aux États-Unis.

Elle sera là, on mettra de la musique, des lumières, on fera des confitures, elle sera là, et son fils ne se réveillera pas à cinq heures du matin, seul dans l'appartement, à attendre que le jour se lève.

Sa fille jamais n'a eu à rester seule la nuit, aucun risque que Goran découche, c'est sortir de chez lui qui était une épreuve. Être trop là, pas assez, comment trouver la juste mesure ?

Elle va devoir rentrer, acheter quelques légumes et du poisson pané. Il n'y a plus rien dans le frigidaire. Elle n'a pas beaucoup avancé, c'est vrai, mais elle pourra continuer à la maison car son travail ne s'arrête jamais. Lorsqu'elle sort du bureau, c'est pour changer de lieu, c'est pour se rapprocher de ses enfants, et son travail la suit, comme un petit chien.

Elle va dire au revoir à Myriam qui reste plus tard, elle n'a pas de famille.

« Salut, j'y vais, Augustin m'attend, Mina ne va pas tarder. J'ai des courses à faire.

— Ne te fais pas exploiter. »

Ce sont les mots de Myriam.

« Je m'exploite très bien toute seule. »

En réponse à la claque qu'elle vient de recevoir, Lucie se défend intuitivement. Il lui est agréable d'être utile, de faire des courses, de préparer à manger pour l'homme qu'elle aime, qui la respecte, un homme toujours prêt à l'inviter au restaurant, elle et les enfants, si elle n'a pas eu le temps de cuisiner. Toujours prêt à sauver la situation. N'est-ce pas ainsi depuis la nuit des temps ? Elle veut bien se montrer plus revendicatrice, plus intransigeante, mais son mari s'occupe de gens en détresse. Comme ses parents. Un jour, elle lui a demandé avec sérieux : « Tu préfères ta femme ou un SDF éventré par un junkie ? » Il l'a regardée, et dans ses yeux est passée une lueur d'effroi. Le rire l'a emporté et il a serré sa femme dans ses bras. Mais l'image d'un presque mort le rendait coupable de bander au contact de ce corps qu'il chérissait par-dessus tout.

Elle range ses affaires, hésite à éteindre son ordinateur, ne se rappelle plus s'il faut tout éteindre pour faire des économies d'énergie, participer à la sauvegarde de la planète, ou si rallumer ne consomme pas plus d'électricité qu'un simple état de veille. Pourtant, elle a demandé plusieurs fois. On lui a répondu. Elle ne se souvient jamais. Jaune ou rouge ? Éteindre ou laisser faire ? Poubelle bleue, verte, orange ? Jeter ? Garder ? Recycler le plastique ? Comment ? Elle laisse son ordinateur se débrouiller tout seul, les machines savent de nos jours, se dit-elle. Le moins de responsabilité, le plus de pouvoir aux objets, n'est-ce pas cela la quatrième ou la cinquième révolution industrielle ? D'ailleurs, il ne s'agit pas à proprement parler d'industrie, c'est d'une autre révolution qu'il est question, elle a le nom sur le bout de la langue, mais non, pas maintenant, fermeture, ce soir peut-être, ce soir quand elle allumera son ordinateur portable personnel-professionnel, son ordinateur à tout faire. Lire encore des articles sur la mécanique quantique, s'en tenir à ça pour le moment. Essayer de comprendre, de dessiner un paysage. Et tout cela après le dîner, le coucher des enfants, après le verre de vin, après les discussions avec son mari, et leur baiser, et leurs projets, peu importe l'échéance. Tout cela s'il reste assez de temps et d'énergie. Elle aime travailler, elle aime se dire que ce travail elle l'a choisi, qu'il ne fait pas intégralement partie du bureau, qu'elle peut le continuer à volonté, parce que c'est le sien, parce qu'elle l'a choisi, qu'elle l'a choisi, choisi… C'est quoi choisir ?

Le métro est lent, anormalement lent. Il l'empêche de rejoindre son fils.

Elle se souvient, lors d'une présentation en grande banlieue, d'être rentrée tard le soir. Une nounou gardait les enfants. Mais elle avait hâte de rentrer. Sur ce quai de gare, seule, dans une banlieue lointaine, elle avait attendu un train qui arriverait dans vingt-cinq minutes, un train pas un métro, un métro n'arrive jamais dans vingt-cinq minutes. Au pire dix, et c'est déjà infernal. Elle avait patienté dans le froid, sur le quai. Une femme lui avait demandé, timide, si elle pouvait lui emprunter son téléphone pour prévenir sa fille qu'elle ne serait à la maison que dans une heure. Elle lui avait demandé quel âge avait sa fille. Sa fille aînée avait douze ans et gardait la petite. Elle terminait tard tous les soirs, tous les soirs elle arrivait vers vingt-trois heures, minuit, ne voyait pas ses filles se coucher. Tous les soirs elles s'endormaient sans leur mère, dans l'appartement exigu. Ses filles seules. Comme elle l'avait été. Mais ça, elle ne s'en souvenait pas en tendant son téléphone à la femme, qui parlait un français correct, mais avec un accent de l'Est. Ou bien du Sud ? Un français appris. Qui ne permet pas d'avoir un bon travail, autorisant à rentrer à dix-neuf heures chez soi, pour nourrir ses enfants et les coucher après leur avoir lu une histoire. Cette femme, avec qui elle avait conversé gaiement dans le TER, comme si être gaie allait la dédommager de quelque chose, lui avait fait si mal. Qui fallait-il plaindre ? La femme ou les enfants ? Elle pouvait se mettre à la place des deux.

D'être séparée de son fils, à cet instant, est presque intolérable. Elle pourrait s'effondrer en pleurs. Elle ne le fera pas, bien sûr, elle ne le fera pas.

La volonté, la volonté, la volonté.

Le temps absolu de Newton.

Le temps idéal de Leibniz. Idéal, c'est-à-dire qui n'existe pas, ou seulement « dans la tête ». Les choses qui sont dans la tête n'existent-elles vraiment pas ? Si on coupe la tête, ces choses cessent-elles ?

Le temps idéal n'existe pas, sinon dans les esprits, c'est un ordre, pas un temps, un ordre logique, le chiffre d'une relation.

Les choses dans la tête sont-elles inexistantes ? Et les souvenirs ?

Partir de la mémoire, peut-être faut-il partir de la mémoire.

Je me transforme en pierre et ma peur continue.

Wittgenstein a prononcé cette phrase. C'est devenu la sienne.

Glacière, un lac devant le logis en bois, cahute d'une fée des forêts, Saint-Jacques, des coquillages aux murs, Place-d'Italie, les yeux du faune et son parfum. Lieux dits mais dits par qui ? Elle change, ligne 5. Attend sa correspondance, mains attachées aux rondins, mais dans un fourmillement de poussières illuminées par les rais du soleil. Danse des particules. Grondement du train. Les métros finissent toujours par arriver, les routes se poursuivent, il y a des logiques, il y a des ordres. Sans doute est-elle aussi traversée par ces ordres ? Mais elle les ignore, elle ignore les terminaisons. Le métro est là, tout le monde s'engouffre, on est serré. Lucie ferme les yeux et met son casque. Faire comme si on n'était pas là, faire comme si on n'était nulle part, ou « dans sa tête ». Mais si la tête est coupée ?

En sortant du métro Richard-Lenoir, elle croise les chiens du boulevard. Ils se donnent rendez-vous à côté des joueurs de boules. Il y en a des grands, des petits, des gros, elle ne reconnaît pas toutes les races, juste les labradors et les cavaliers king-charles. Parce qu'elle a regardé un certain nombre de sites sur Internet, elle connaît leur nom. C'est un bébé cavalier qu'elle voudrait adopter, si un jour ils ont un chien.

Ces animaux jouent ensemble chaque jour à la même heure. Juste parce qu'ils sont chiens, ils aiment se retrouver. À force, les maîtres sympathisent. Les chiens créent de la sociabilité. Autour d'eux, des clochards boivent de la bière. Parmi eux, peut-être le chien d'un clochard. On ne voit pas la différence. Si elle rentre plus tard du travail, ou plus tôt, ils ne sont pas là. Se sont-ils donné rendez-vous ? Comment ces choses s'organisent-elles ?

Elle passe au U faire des courses pour le dîner, sans grande inspiration. Elle finit toujours par cuisiner la même chose, et pourtant elle peut passer de longs moments à lire et feuilleter des livres de recettes, « pour se donner des idées ». Regarder des images de cuisine fait partie du repas, le rallonge, lui donne faim. Et même quand le dîner se solde par un plat de légumes rôtis et du riz, les autres recettes d'autres pays enrichissent les saveurs, entourent d'une aura le saladier fumant. Il suffit d'un peu d'imagination, Lucie en a fait l'expérience. Puisque rien n'est réel, pas plus que le temps.

Les sacs lui scient les mains, et encore, elle a dû en racheter, n'ayant pas eu le temps de passer chez elle pour récupérer le Caddie. Depuis quelques années, elle accumule les sacs U verts, très solides et à contenance correcte, ni trop grands ni trop petits – pas les sacs Ikea, pas non plus les sacs biodégradables de boulangerie. Puisque, désormais, ils ne sont plus en circulation, elle doit à tout prix en conserver des exemplaires. C'est utile, des sacs. Combien de fois elle s'est retrouvée à vouloir apporter une bouteille de vin lors d'un dîner, ou à préparer le pique-nique pour un enfant en sortie scolaire, et devant l'absence de contenant, a été contrainte de porter la bouteille à la main ou d'enfourner les sandwichs dans le sac à dos, au risque de le tacher. Car dans ces moments d'urgence, elle ne trouve plus les sacs. Impossible de les dénicher alors qu'elle les collectionne. Mais on bouge sa cache. Quelqu'un, dans la maison, joue à changer les sacs de place. Quand elle en a besoin, plus de sacs ! Ou comme ce soir, parce qu'elle n'a pas le courage de repasser chez elle, sachant qu'elle n'aurait pas non plus celui de ressortir, elle se trouve démunie, à chercher la solution pour imbriquer le cube de lait, le brocoli, la salade et les Actimel sur ses bras très peu géométriques ; le beurre à la limite pourrait tenir entre son portefeuille et sa trousse de maquillage. Non, pas d'autre solution que de racheter un sac en papier, puisque les verts en plastique, c'est fini ! Cette histoire de sacs la contrarie. Et c'est une histoire à épisodes. Car ce n'est pas la première fois qu'elle rejoue la même scène. Bien sûr, elle a vu des reportages comme tout le monde sur le plastique dans l'abdomen des baleines et sur les plages au Sénégal recouvertes de déchets. Bien sûr, elle déplore la pollution colorée dans les intestins et dans les océans, qui tue la biodiversité. Ils en ont même fait un numéro au journal, elle s'est chargée du portrait d'un jeune entrepreneur ayant breveté un système de recyclage. Elle ne jette jamais de plastique, et quand elle se voit contrainte de le faire, le trie. Mais elle ne peut s'empêcher de penser avec nostalgie au temps où les supermarchés distribuaient à l'envi des sacs, sans qu'on ait à prévoir le matin, avant de partir au travail, d'en froisser un, deux ou trois pour les courses à venir, leur trouver de la place dans la besace, sans qu'on ait à prévoir également le nombre d'emplettes et leur poids pour calculer au plus près combien en emporter. Un temps où les choses étaient simples. Où l'improvisation était encore possible. Mais les temps de cette sorte sont toujours des temps mythiques. Au fond, était-elle si heureuse au temps de la disponibilité des sacs ?

Quand enfin elle rentre, son fils est sur sa console de jeux. « Tu n'as pas fait tes devoirs ? » Cette manie de la forme négative, ce pessimisme qu'elle ne cherche pas à soigner. Un casque sur la tête, il fait signe que si et, devant son visage plein de patience et d'attente – un visage maternel –, il finit par ôter l'un de ses écouteurs pour répondre « Quoi encore ? Oui j'ai fini. On mange quoi ? ». À une autre époque (la même sans doute que celle où les sacs étaient distribués gratuitement sans compter), elle aurait ri de cette caricature de préadolescent, peut-être même aurait-elle été rassurée de voir que son fils était normal, absolument normal, exactement normal, contrairement à elles qui travaillaient consciencieusement sans rien demander à personne – Héloïse parce qu'elle posait assez de problèmes comme ça, elle parce que personne ne lui demandait si elle avait fait ses devoirs. Mais ce soir, cette indifférence sans doute jouée, ou existentielle, existentielle *et* conjoncturelle – on ne peut pas raisonnablement vivre sur un mode aussi hypo-énergique très longtemps –, lui est comme une flèche fichée dans le gras du bras. Pas vitale, mais désagréable, une douleur lancinante, qui ne partira pas de sitôt, une douleur sourde parce qu'on peut très bien vivre avec. Il suffirait d'arracher la flèche, mais dans la crainte que cela fasse plus mal, on la laisse. Son fils ne l'aime plus, ne la reconnaît plus, n'a plus besoin d'elle. Elle est jetée au rebut, elle l'agace, il ne lui apporte plus cette dose d'amour quotidien qui était sa bulle d'air pur dans la pollution de la ville. Et sa fille, qu'elle a dû accompagner, bercer, consoler, désormais quasiment autonome : quatorze ans, se maquille parfois, lui emprunte des vêtements, fait la même pointure qu'elle. Les choses commencent à se déliter, elle le sent. Les gens meurent autour d'elle, et ses enfants grandissent. Où sera-t-elle quand ils seront partis, quelle forme pourra-t-elle prendre pour ne pas se faire broyer par la mélancolie ? Une forme ductile, un liquide qui épouse les contenants. Un sac plastique.

Son mari bien sûr. Son mari qui déjà une fois lui a donné un peu de solidité, pour sortir du trou où elle tombait. « Oh, mon Dieu ! Oh, mon Dieu ! Je vais être en retard ! » disait à mi-voix le Lapin blanc. Elle avait eu le temps, quoique le puits fût très profond, *de regarder autour d'elle et de se demander ce qui allait se passer*. Il l'avait tirée de sa contemplation – elle ne voyait pas le fond, *il faisait trop noir pour qu'elle pût rien distinguer*[1] – et lui avait levé le visage, pour qu'elle le regarde lui plutôt que le fond du trou. Et une sève avait commencé

1. Lewis Carroll, *Les Aventures d'Alice au pays des merveilles*.

à tourbillonner dans son corps, son corps à nouveau ou pour la première fois apte au désir, un désir sans mort, sans détresse, sans contrepartie. Le désir de la vie et du corps de l'autre. Mais son mari pourrait partir lui aussi à force de se coucher deux heures après elle. Et rester là où son travail l'appelle, en Afrique, en Asie, sur des théâtres de guerre ou de malnutrition. Loin. Et toujours pour sauver d'autres personnes qu'elle. Pourtant, elle a la grâce de s'effacer devant ces enfants affamés, ces enfants-soldats rescapés, ces femmes violées, ces hommes amputés. Elle leur laisse l'avantage, en tâchant de ne pas se plaindre. Elle ne se plaignait pas quand ses parents partaient pour des accidentés de la route, ou des gens attaqués par des infarctus, des AVC et autres violences soudaines qui vous réveillent la nuit de façon impérieuse. Rien de plus impérieux que la souffrance des autres. « Vous préférez votre fille ou un accidenté de la route qui salit les couloirs de l'hôpital parce que ses boyaux traînent par terre ? »

Le soir, elle retrouve sa scène. Ils sont assis sur le confortable canapé qu'ils ont acheté ensemble peu de temps après avoir emménagé. Un grand canapé rouge en velours dont ils rêvaient chacun de leur côté – une coïncidence incroyable – et qu'ils se sont offert alors qu'il était cher. Mais le prix importait peu, ou au contraire, il permettait d'évaluer leur engagement, sacrifiant d'autres plaisirs, peut-être certaines nécessités. Ce canapé était l'objet d'un choix, d'une priorité même. C'était leur canapé. Et quand ils s'y retrouvaient le soir, après manger, ils éprouvaient un relâchement dans les membres et une joie tranquille, cette impression que vous êtes enfin à votre place, celle que personne d'autre ne pourrait occuper, et qu'à cet endroit précis rien ne peut vous arriver.

Son mari voit qu'elle est mélancolique, il l'interroge, essaie de la faire parler. Ils ont ouvert une bonne bouteille de vin, ils sont bien, les enfants dans leur chambre, à ne pas lire de livre, mais pas sur leurs écrans non plus, Vincent les confisque dès qu'il rentre. Elle ne saurait pas faire une chose pareille. Non qu'elle ne soit solidaire de cette mesure confiscatoire, bien au contraire, mais l'imposer, contre leur indignation, la possibilité d'une révolte, l'imposer comme une loi, c'est une chose au-dessus de ses moyens.

Vincent soupire.

« La vie dans les capitales aujourd'hui est objectivement dure. Il y a quelque chose comme ça qui vous soumet… Ça vous soumet à un ordre et à une contrainte diffuse ; et la principale dynamique, c'est le mouvement perpétuel, la vitesse, la compétition…

— Donc c'est normal ?

— Qu'est-ce qui est normal ?

— Non rien.

— Rien n'est normal ma chérie, la folie urbaine d'aujourd'hui, ça n'est pas "normal". On a créé les conditions où il devient impossible de s'adapter.

— Des conditions d'inadaptation…

— Parfaitement. Et puis la ville, telle qu'on la vit aujourd'hui, elle est vraiment… c'est comme si c'était une allégorie de tout ce qu'on avait perdu, qui au départ était une promesse d'émancipation, de liberté ; et qui est devenue une forme d'aliénation et d'impossibilité à se connecter à ce qui nous rend, au fond, profondément heureux… »

Elle souhaite savoir ce qui nous rend profondément heureux, elle le devine peut-être, n'est pas sûre.

« C'est-à-dire… être une partie d'un tout. Sentir la présence de la nature. Vivre au rythme des saisons. Et être parfois à l'origine de ce qui nous nourrit. Conserver un lien direct avec la terre nourricière. »

L'écouter lui fait du bien. Sa voix remplace le feu dans la cheminée.

Mais elle se lève pour vérifier ses aubergines. Il la suit dans la cuisine. « Échapper à l'immuable, l'éternel retour du même, la saisonnalité des vies. La ville, au départ, est perçue comme une émancipation par rapport à ce qui nous rattache à une forme d'animalité. C'est pour ça que la ville, dans l'essor de l'humanité, c'est toujours le lieu de l'échange, du commerce, de la concentration de l'intelligence, c'est le lieu de l'industrie. Et quand tu cumules la ville et le débouché portuaire, là tu agrèges à la fois le génie humain, l'inventivité technologique et le commerce. Et là tu as l'essentiel de ce qui va façonner notre civilisation. » Il parle comme pour convaincre un auditoire, emporté par la passion de l'analyse, il est intégralement dans ses mots. Elle remue les cubes d'aubergines dans l'huile d'olive et l'ail.

« Et tu vois, c'est intéressant, parce que tu prends un continent comme l'Afrique, qui est un continent introverti, qui ne s'est jamais intéressé à l'extérieur, qui a le dos tourné à ses côtes, qui n'a jamais envahi un autre continent ; eh bien ce continent qui refusait le contact, qui était lui-même un continent divisé par des strates géographiques infranchissables, la forêt équatoriale, les grands fleuves, tout ce qui fait qu'il y avait des civilisations et des régimes différents dans la Grande Afrique, eh bien c'est le continent qui a été le plus colonisé, saccagé.

— C'est dangereux de rester chez soi ? »

Comme elle est loin de l'Afrique ! Elle ne pense donc qu'à elle ?

« On a emmené de force ceux qui étaient le plus à l'intérieur dans des bateaux, on les a emmenés le plus loin possible, et aujourd'hui c'est devenu le continent d'avenir, comme si de nouveau il fallait faire la démonstration que le dernier à avoir résisté à la mondialisation devait entrer dans la course comme tout le monde. Et le pire, c'est que ceux qui aiment l'Afrique comme ceux qui la détestent s'en réjouissent. Comme quoi on a tous intégré le fait qu'il n'y avait pas d'autre alternative. »

Les aubergines sont prêtes.

Épuisée soudain

Elle a de plus en plus de mal à se lever. L'aube est une violence faite à sa nuit. Elle a des allures militaires de soldat qui frappe à votre porte, la défonce et vous tire du lit pour vous jeter dehors dans le froid alors que vous êtes vêtue d'une simple nuisette. Pourtant, c'est seulement son réveil, le troisième ou le quatrième rappel qui la somme de sortir. Ses enfants parlent fort, elle les entend dans la cuisine se disputer. Il faudrait les rejoindre avant qu'ils ne partent. Pourquoi le collège impose-t-il des horaires aussi barbares ? Elle ne voudrait pas les manquer. Si elle ne les aperçoit pas ce matin, il faudra ajouter à la nuit qui a précédé la journée sans eux. C'est trop.

Pourtant sa vie est facile, se dit-elle tandis qu'elle sort une jambe du lit. *Grosse égoïste*. Combien de personnes doivent se lever à quatre heures du matin, prendre le RER en panne, changer dix fois et arriver sur un lieu de travail sinistre, où elles enfilent des gants en plastique et nettoient la merde des autres, combien sur les chantiers alors qu'il pleut, qu'il fait froid, que les matériaux sont toxiques, combien de gens qui survivent ? Ma vie est facile, se dit-elle alors qu'un vertige la prend dès qu'elle se met debout. Vincent est déjà habillé et prépare le thé, Ma vie est facile, j'ai une famille merveill…, un mari formid…, *grosse égoïste*, le sang lui revient, elle peut faire un pas, mais ses yeux sont rouges, sa gorge lui fait mal, de sa bouche sort le mot « Pitié ! », elle s'en étonne et passe à autre chose. Enfiler des chaussettes, mettre un pull et les rejoindre, ils sont si loin, elle les entend discuter, sur fond sonore de la radio, ils ont déjà reconstruit une vie sans elle et, quand elle entre dans la pièce, ils se taisent. Que lui cache-t-on ? La conversation reprend mollement, peut-être n'est-elle pas désirée parmi eux, *persona non grata*, peut-être devrait-elle partir et les laisser tranquilles. Mina lui dit qu'elle a des raies sur les joues, ça lui donne un air bizarre. Mais comment défroisser son visage, comment sa fille peut-elle lui reprocher une chose sur laquelle elle n'a pas prise, elle devrait le savoir qu'elle ne peut rien y faire, qu'il faudra attendre que le pli disparaisse, et peut-être le soir arranger ses coussins autrement pour qu'ils ne laissent pas de marque. Elle a les larmes aux yeux. Des reproches, si tôt le matin, mais elle demande d'un ton guilleret si tout le monde a bien dormi. Son mari lui propose un jus d'orange, qu'elle boit avec avidité, autant pour le goût que pour le don. S'il a pressé des oranges pour elle, c'est qu'il l'aime encore. Est-elle normale ? Les autres ont l'air de tout trouver normal, mais pas elle. Est-elle dingue ? Elle ne peut pas le leur demander, là, tout de suite. Sa main tremble, elle la cache sous la table, et utilise l'autre. Augustin lui donne un cahier de textes à signer, c'est pour la sortie de jeudi, elle s'exécute, se sentant soudain un peu mieux, se jetant dans ce statut « responsable légal » à qui il est demandé de signer alors que son mari aurait pu aussi bien le faire. Mais Augustin le lui a demandé à elle, comme pour lui reprocher quelque chose. Ou peut-être est-ce une façon de la rassurer dans son rôle, de lui confirmer ses responsabilités ? Elle n'est pas normale. Soudain, elle les regarde tous les trois : ce sont des Lego. L'un que l'on pose sur l'autre, l'autre à côté, ça s'emboîte. C'est bien plus solide que les Kapla qui d'une pichenette s'écroulent.

Cette envie de pleurer, chaque matin. C'est nouveau. Elle s'accroche aux gestes pratiques, remplir le lave-vaisselle, laver le presse-agrumes, s'habiller, se brosser les dents. Elle s'exécute, mais se regarde faire, comme à côté d'elle-même, elle observe, attend la faute. Elle ne fait pas de faute. Elle ne doit pas faire de faute. C'est important pour que la journée se passe bien. Ne rien faire tomber, ne pas salir sa chemise alors qu'elle vient de l'enfiler, ne pas se tromper de position du robinet pour que la douche n'éclabousse pas ses cheveux, ne pas oublier ses affaires, ses clés, d'éteindre, de fermer les fenêtres. Un Lego.

Une fois dans le métro, elle serre les doigts sur sa besace. Elle n'a pas pris de sacs plastique, voilà, elle a encore oublié. Et ce soir, quand elle passera à nouveau au U pour acheter les steaks hachés qu'elle n'a pas pu prendre la veille, faute de main, que fera-t-elle ? Elle achètera un sac en papier.

Au bureau, un Post-it l'attend : il lui reste une semaine pour boucler le dossier sur le temps. Elle ouvre son ordinateur, un mail lui confirme que le Post-it n'a pas menti : une semaine. Mais il n'y a plus d'archiviste, plus de documentaliste. Une semaine pour faire le travail de trois personnes. Et au bout d'une semaine, elle aura le droit à un nouveau Post-it : « Tu es une fée », ou « Princesse ! », ponctué de smileys. Jamais d'augmentation de salaire.

Elle se met à la tâche, rien de tel que le travail pour s'occuper. Cette phrase étrange qui lui passe par la tête, d'où vient-elle ? Pourquoi le travail devrait-il m'occuper ? Suis-je donc si vide ? Sans le travail, l'obligation, les horaires, l'organisation, un bureau, des collègues, je tournerais en rond chez moi. J'ai toujours eu peur de tomber malade.

La hantise d'avoir de la fièvre et de ne pouvoir quitter mon lit pour aller à l'école. Une hantise que j'étais bien seule à éprouver. Tous mes camarades de classe mentaient sur leur état de santé, faisaient monter les thermomètres et profitaient de chaque angine pour quémander de sécher les cours avec la bénédiction des adultes. Pas moi.

Tomber malade, vraiment malade, dans une famille de médecins où les petits bobos ne sont pas pris en compte signifiait rester seule toute la journée à la maison. Ce qui en soi ne changeait pas grand-chose à son quotidien. Ce n'était pas une expérience radicale, une expérience nouvelle. Ce n'était pas une expérience du tout. C'était son destin, sa norme, rester seule chez soi. N'importe quel enfant aurait profité de ce moment pour fouiller dans les affaires des parents, ou regarder la télévision toute la journée, manger les bonbons, puis les barres chocolatées, faire des blagues téléphoniques. Pas elle. Assignée au lit et à la solitude, elle devait garder les lieux.

Telle était sa mission. Les garder de différents types d'invasion, des fissures sur le mur, des taches d'humidité menaçant de se répandre et dont elle pouvait mesurer l'avancée avec une précision millimétrée. Les garder du grondement des radiateurs dont elle connaissait le rythme – il ne devait pas changer, sans quoi c'était le signal d'un danger –, des pas du voisin du dessus, dont elle n'a jamais compris le tracé, mystérieux dessin très peu géométrique mais qui devait avoir un sens, des murs qui devaient tenir parallèles, du cadre de la porte s'affaissant d'année en année, et qu'elle retenait à force de concentration, du parquet dont certaines lattes craquaient si on marchait dessus, aussi fallait-il les éviter pour ne pas éveiller l'attention. Et tous ces yeux qui l'observaient des fenêtres quand le jour tombait et que la lumière éclairait l'intérieur ; ces yeux, quand elle fermait les rideaux – mais jamais assez bien –, qui la maintenaient immobile dans son lit, trempée par la sueur et la vigilance, l'extrême vigilance. Elle était une vigie.

Cette corvée de surveillance l'occupait déjà. Elle préférait nettement le travail qui l'attendait à l'école et lui demandait moins d'effort. Alors elle pouvait se laisser aller, tout ne tenait pas sur elle, une microsociété évoluait sans que sa présence influe sur les événements. Elle était une élève parmi d'autres, les murs de l'école n'allaient pas s'effondrer si elle cessait de les regarder. Elle se reposait. Rien de tel que ce travail pour s'occuper, c'est certain. « Se distraire » aurait été plus approprié.

Elle n'était donc jamais malade. Ses parents la félicitaient pour cette volonté chevillée au corps. Ne pas attraper ne serait-ce qu'un rhume était marque d'élection. Ils étaient fiers de leur petite résistante. Et elle accueillait le compliment avec plaisir, avec orgueil. Elle était gonflée de fierté. Elle était forte. Invincible. Dure comme une pierre. Mais la peur continue.

Elle ouvre les différents documents qu'elle a rangés sous le dossier « Temps ». Des articles disparates de physiciens, de philosophes, de bons vulgarisateurs. *Le temps n'existe pas*. La tour est fringante aujourd'hui, frappée par les rayons du soleil, drue, puissante, presque clown dans ses atours de virilité. La virilité est très en baisse aujourd'hui. Mais la tour s'en moque.

Épuisée soudain. Épuisée de n'avoir encore rien fait. De devoir se plonger dans son dossier, compiler les articles. Épuisée à l'avance de lire. Une immense fatigue s'abat sur elle. Il faut se lever, chercher un café au distributeur, dissimuler les larmes qui montent, dissimuler la fatigue de neuf heures trente du matin, la fatigue sans raison, la fatigue préventive. Tenir, sourire, répondre, répondre pour tout et de tout, de sa nuit, de son intérêt, de sa motivation, de sa légitimité. Déjà dans le métro, son corps était lourd, compressé par les autres, comme s'il n'existait pas – lourd et transparent. Sa lourdeur comme un obstacle, et sa transparence offerte. Elle avait l'impression d'avoir été choisie pour être compressée, le corps du sacrifice, celle qu'on foule aux pieds, parce que ça va de soi. Elle a cédé sa place à une autre femme, qui n'était ni vieille ni enceinte, mais qui la voulait plus qu'elle, pour qui cette place revenait de droit. Elle s'était effacée devant tant de résolution, puis elle s'était demandé pourquoi elle s'était effacée, et c'est à ce moment qu'elle avait retenu les larmes qui avaient voulu couler, déjà. Hors de question de leur céder quoi que ce soit, il ne manquerait plus que de passer pour une victime. Elle ne veut pas céder à la mode. Les modes la hérissent. Et plus que tout, la mode des victimes. On ne peut pas faire victime plus pitoyable qu'elle. Une victime nulle, une victime sans conviction, une victime sans raison. Elle s'en déteste d'autant plus. Mais paraître forte est au-dessus de ses moyens. Et cela est nouveau, elle est déstabilisée par cette nouveauté. Est-ce à cause du temps ? De ce dossier à boucler en une semaine, alors qu'il en exigerait encore deux ? Est-ce cette pression insidieuse et de plus en plus prégnante sur ses jours, ses nuits, ses temps libres, remplis de culpabilité ? Est-ce ce smiley qui ponctue les Post-it d'encouragement ou de félicitation, sans que cela entraîne le moindre sou ? Est-elle sensible elle aussi à l'humiliation lente et insidieuse du monde du travail piraté par la logique du seul profit ? Oui bien sûr, tout cela. Et ce n'est pas une mince affaire. Elle le sait, elle l'observe, avec lucidité. La lucidité ne lui a jamais été d'aucune aide, au contraire, on dirait qu'elle la nargue, compagne toxique et perverse, sa meilleure amie, sa plus fidèle, celle à qui elle fait appel dès qu'elle ne lui est plus utile, dès que la partie est perdue. La lucidité vient alors compter les pertes et observer le champ de bataille pour raconter après coup la stratégie qu'il eût fallu adopter.

Elle est la victime d'un système absurde qui crée de l'impuissance. Elle en connaît le mécanisme par cœur, ils ont écrit des articles sur le sujet dans le journal, ils en parlent entre eux : pas de sujet plus débattu. Même leur souffrance a fait l'objet d'une théorie, ils sont les individus des statistiques, les courbes dominantes, ils sont ces points qui constituent la ligne, objets d'une vision globale, d'une rationalisation du système et de ses dommages collatéraux, d'une pensée sociologique, politique et économique, ils sont des items, des données, des ressources humaines, ils sont comptabilisés, reconnus comme les éléments d'une variante, ils sont comme les autres, chiffrés et prévisibles. Leur chute est déjà programmée, leur suicide peut être affiché comme une probabilité statistique.

Leur souffrance est prévue dans les calculs. Elle n'est pas surnuméraire, incohérente, extérieure, incommensurable ; elle est l'affect inhérent, un terme technique qui désigne une réalité statistique.

C'est une souffrance récupérée par les instituts de sondage, comment pourrait-elle la vivre sans un sentiment d'illégitimité, de dépossession ? C'est une souffrance qu'on leur impose de jouer, souffrir c'est obéir.

Elle est toujours d'accord pour obéir à quelqu'un, d'accord pour se délester de cette responsabilité-là qui vous échoit dès lors que vous êtes supposément adulte, sous prétexte que vous atteignez un âge. Mais pas pour se plier à ce qu'on veut faire passer pour des lois naturelles, elle ne veut pas souffrir parce qu'elle est un échantillon type. C'est humiliant. Et pourtant elle souffre. Est-ce vraiment pour cela ? Les smileys qui ponctuent les Post-it ? Oui. Pour cela. Et autre chose.

Le temps s'enraye. Il ne passe plus. Seul le présent se perpétue, jamais le passé ni le futur n'adviennent. Ils n'existent pas. Rien ne peut trouer l'épaisseur où s'enlise le présent. La physique cherche à éliminer le temps. Elle gagne. Il n'y a pas d'irréversibilité. La mort en est-elle annulée ?

Son fils a claqué la porte sans dire au revoir. Son mari l'a serrée dans ses bras en lui souhaitant une bonne journée, mais il pensait déjà à la lutte intestine qui l'oppose à son président au sein du bureau. Sa fille l'a saluée d'un rapide Ciao mum, pensant visiblement à autre chose ou à quelqu'un d'autre. Son chien aurait pleuré son départ de la maison.

Un chien, c'est ça qu'il me faut.

Elle est partie en dernier, a rangé les restes du petit déjeuner, lancé le lave-vaisselle, s'est assise sur le canapé rouge et est restée dix bonnes minutes, sans rien faire, à fixer le vide. Puis elle s'est levée, difficilement, a enfilé son manteau et affronté le froid, puis la ligne 5. En automate. En automate qui régule ses larmes.

Il y a Parménide, l'être est, le non-être n'est pas, il y a Héraclite, tout est flux, changement permanent… Devenir ou être. Une femme la regarde fixement, aurait-elle une tache sur le visage ? Une trace de café ? Ou pire, de dentifrice ? Lucie s'essuie la bouche, puis les joues. « Pour nous autres, physiciens convaincus, la distinction entre passé, présent et futur n'est qu'une illusion, même si elle est tenace », écrit Einstein le 21 mars 1955. « La description statistique introduit les processus irréversibles et la croissance de l'entropie, mais cette description ne doit rien à notre ignorance ou à un quelconque trait anthropocentrique. Elle résulte de la nature même des processus dynamiques », affirme Prigogine dans *La Fin des certitudes*. Une odeur épouvantable la saisit. Elle lève les yeux de sa liseuse pour chercher d'où elle peut venir. Puis elle le repère, le type avachi sur la banquette, des sacs-poubelle à ses pieds, une flaque d'urine qui se déplace en fonction des soubresauts, et personne autour. Elle est la plus proche de lui, le reste du wagon élargit le cercle autour du clochard. Mais elle ne va pas se lever maintenant, ce serait trop désobligeant. Au contraire, elle doit montrer l'exemple, afficher son courage, son absence de préjugé, son stoïcisme. Ne pas stigmatiser, ne pas faire de la peine. Replonger les yeux sur Bergson : « Le temps est invention, ou il n'est rien du tout. » Se concentrer, filtrer l'air, passer en apnée. L'invention pour Bergson est un acte créatif et non le non-être parménidien. L'invention est plus que l'être, l'invention est liberté. Mais qu'est-ce que la liberté quand la puanteur envahit vos poumons ? Est-on libre d'inventer dans une fosse d'épuration ? Le temps est liberté parce qu'il est advenir et flux, vomis, coliques, hémorragie, tout s'écoule, s'en va, les digues sautent. Elle n'y tient plus, se lève et fait mine de descendre. Puis au dernier moment elle court dans un autre wagon et prend une grande bouffée d'air, le souffle court. Les portes se referment. *Et le passé ? N'appartient-il pas au temps ?* Quel air respire-t-elle, sous les rues de Paris, dans les souterrains où ne se renouvelle jamais l'oxygène ? *L'être est, le non-être n'est pas.* Les odeurs s'incrustent, pénètrent, contaminent. *Le passé est. Le passé n'est pas.* Sinon où disparaîtraient-elles ? *Le passé est illusion, le passé est passé, le passé est infiniment présent.*

Les effluves sont entrés en elle comme le ver de Guinée qui se déplace sous la peau pour atteindre les membres inférieurs et pond ses embryons en perçant l'épiderme. Ils la pénètrent en profondeur, parcourant les vaisseaux jusqu'au cœur. Là stagnent l'odeur de boue et les herbes humides dont les racines ont été arrachées, flottant dans le mélange flasque, terre, liquide. La boue mauvaise. Un peu d'essence la colore, comme un arc-en-ciel gras, et l'herbe s'y abîme, la motte de terre arrachée, retournée, l'eau stagnante, le froid. Le lac s'est dissous, et la cahute de la fée, disparue. Il ne faut pas parler. Héloïse, tu dois te taire. Tes borborygmes l'ont rendu fou.

Dans le métro, une voix d'enfant enregistrée résonne pour prévenir les voyageurs qu'il y a un intervalle entre le train et le quai, qu'il ne faut pas laisser de bagages, qu'il faut tout étiqueter, qu'il y a des pickpockets sur la ligne, qu'il ne faut pas monter dans les voitures quand les portes se ferment. Une voix d'enfant met en garde. Une voix d'enfant flic. D'enfant tyran. Une voix qui sourit d'innocence, ne laisse pas ton sac, c'est dangereux, ce n'est pas bien, vous êtes tous de potentielles très vilaines personnes. Vous avez cette facilité à désobéir. Mais les enfants vous surveillent, toujours prêts à rire de ce drôle de jeu, on surveille les adultes, on leur demande de faire attention – à qui, à eux ? entre eux ? Vigilance, a dit le chef de l'État, vigilance. Espionnez-vous les uns les autres. C'est un enfant qui vous le demande. On ne résiste pas aux enfants.

Lucie sort de la rame avant d'arriver à sa station. Il lui est impossible d'entendre une fois encore ces voix de dessin animé. Depuis quand infantilise-t-on ainsi les travailleurs soumis aux trajets quotidiens ? Humiliée, écœurée, elle entend résonner en elle cette petite gouaille si « mignonne », « *so cute* », ces sucreries dégueulasses qu'on leur fait avaler ; les enfants, tous des nains psychopathes, comme dans ce fait divers rapporté par un journal à scandale puis repris par les journaux sérieux – c'est désormais le cycle naturel de l'information –, une enfant adoptée se révélant être une adulte naine qui aurait voulu tuer ses parents adoptifs. Lucie a lu tous les articles qui lui étaient consacrés, ils étaient décevants. Elle voulait des images, seul le sourire de la naine psychopathe racontait quelque chose du trouble. Les enfants de la RATP ont le même sourire, cela s'entend.

Elle marche à vive allure pour rejoindre la brasserie où elle a rendez-vous avec Violaine, sa mère. Il est rare qu'elle la voie seule. Plus rare encore que celle-ci se déplace pour déjeuner avec elle. Elle lui a donné rendez-vous dans un bistrot près de l'Hôtel-Dieu, son quartier général quand elle était encore active. Quand Violaine vient à Paris, elle retourne sur ses lieux de vie. C'est-à-dire sur ses lieux de travail. Lucie sera en retard, elle laisse un message, sa mère ne répond pas, comme d'habitude, elle n'écoutera pas non plus sa messagerie. La culpabilité la gagne, mais elle ne peut plus entrer dans le métro. Elle court maintenant, dans ses chaussures de ville, des bottines à talon presque plat, mais aux semelles dures (que n'a-t-elle emprunté les tennis bordeaux qu'elle a offertes à Mina), son dos tape, sa colonne se tasse, elle a mal, ses seins se balancent, ses tout petits seins, elle les tient avec ses bras, mais se coupe le souffle, elle s'arrête, ses cheveux sont tombés de la pince qui les retenait vaguement, ses joues sont rouges. Immobile et suffocante, elle se demande pourquoi elle court, pourquoi sa mère ne répond jamais au téléphone, pourquoi cette femme qui a toujours été à l'écoute de son bipeur de médecin refuse tout autre appel qui ne soit pas d'urgence, pourquoi la catégorie d'urgence est-elle si précise, si circonstanciée et si circonscrite. Et pourquoi elle ne fait pas partie de cette catégorie. Lucie est lasse soudain. À quoi sert cette révolte puérile, sa mère l'attend et elle ne parvient plus à entrer dans une bouche de métro, elle n'a pas l'application Uber et aucun taxi ne passe. Il y a bien les trottinettes, mais dans ce cas, autant prendre le métro. On n'est plus à une infantilisation près. Elle monte dans un bus, il semble descendre vers la Seine. Après, on verra bien. Mais son téléphone sonne ; sa mère. Qui est en retard. Ce genre de chance ne lui arrive jamais. Elle en pleurerait de gratitude. Et d'étonnement. Elle est survoltée. Voudrait appeler son mari pour le lui raconter. Elle le prend comme une récompense secrète d'une action oubliée. Elle revient dans les faveurs des dieux.

Mais Job n'avait rien fait pour mériter ça. C'était un homme juste, et bon. À quoi jouait Dieu lorsqu'il lui envoya tous ces malheurs ? Quel jeu maléfique dont l'homme ignorait les règles ? Et seul, cherchait à comprendre. À comprendre pourquoi. Ses amis avaient une réponse : tu payes des péchés oubliés. Mais ses amis sont des mécréants, ce sont eux qui n'ont rien compris. Dieu récompense Job pour sa révolte, il est resté droit, n'a pas cédé à la culpabilité complaisante, lui redonne ses douze enfants et sa fortune. Job n'a toujours pas la clé.

Lucie ne saisit pas plus que les amis de Job ou que Job lui-même pourquoi Job doit subir ce qu'il subit alors qu'il a toujours été si bon. Et pourtant à l'âge où ça lui tombe dessus, il aurait pu en commettre des fautes. Job est comme un nouveau-né, vierge du mal. Job est comme Héloïse et elle, à neuf ans.

Les enfants de neuf ans n'ont-ils réellement jamais commis de fautes ? Si Dieu rend à Job sa progéniture, il pourrait aussi bien lui rendre Héloïse.

Elle arrive au bistrot, décline son nom, une table est réservée. On l'accompagne au fond, sa mère n'est pas encore là. Elle décide de profiter pleinement de l'attente pour retourner la situation : attendre vraiment, attendre comme quelqu'un qui subit l'inconséquence de l'autre. Elle décide de faire ce coup-là à sa mère, attendre comme elle l'a toujours fait, vaillante et mutique, avec une pointe de reproche dans l'inflexion de voix, mais un reproche qui se ravale. Lucie est forte, elle peut rester seule toute la nuit. Il y a toujours à manger dans le réfrigérateur ou dans les placards, Lucie sait se faire des pâtes, des œufs, un steak décongelé. Lucie ne doit pas attendre. Attendre, c'est se mettre à la disposition de l'autre, c'est une faiblesse. Aujourd'hui, elle peut formuler un reproche – c'est elle qui travaille, plus sa mère –, elle ne le fera pas, elle ne l'a jamais fait. Volonté, volonté, volonté. Se tenir. Sans quoi. Elle a le temps de lire la carte, de faire des choix, d'en changer. On sert de la nourriture grasse ici, de la nourriture du terroir, des plats traditionnels de brasserie. Une brasserie ouverte toute la nuit, c'est pourquoi sa mère et tous les urgentistes y ont leurs habitudes. Rien ne lui plaît vraiment, rien ne lui a jamais plu sur le menu de cette brasserie, et pourtant, c'est là qu'elles continuent à se donner rendez-vous.

Sa mère surgit, échevelée, transpirante. En colère. Contre la RATP. Et la SNCF. Retard du train, métro bondé. La ligne 13, toujours, la fameuse, impossible d'entrer dans une rame avec une valise, c'est difficile de venir à Paris, c'est un effort, venir à Paris est un effort. On ne peut plus donner de rendez-vous, ça ne dépend plus du tout de vous. Impossible de garantir la ponctualité, impossible de respecter l'engagement d'être à l'heure. La prochaine fois, elle n'est pas sûre d'avoir le courage. Ou bien elle donnera une fourchette large.

« Mais pourquoi une valise, maman, si tu repars tout de suite ? »

Les parents habitent en grande banlieue, au-delà du métro, soumis à la SNCF, donc. Et aux gares importantes.

« Parce que je vais rester quelques jours, je veux voir des expos, des amis, ton père garde les animaux.

— Mais tu aurais pu me prévenir. On aurait pu faire un dîner à la maison, tu serais venue voir les enfants.

— Les occasions de venir sont rares, je dois tout regrouper, ça fait une éternité que je n'ai pas vu les copains. Les enfants, je les prendrai aux prochaines vacances. Enfin, s'ils le souhaitent… À leur âge, les grands-parents… Je suis obligée de m'organiser. Demain soir, peut-être, avant le théâtre, si la ligne 5 marche. Parce que tu vois, là, justement, quand on a une heure trente, on n'est pas sûr de pouvoir faire un détour, pas sûr que le métro justement… et donc on ne peut pas prévoir. Mais si vous êtes là demain à l'heure de l'apéro, je passe, bien sûr, ça me fera plaisir d'embrasser les enfants et de saluer Vincent. Bien sûr.

— On sera là, peut-être pas Vincent, je ne sais pas à quelle heure il sort du boulot, mais Mina, Augustin et moi, oui. On sera là comme tous les soirs. »

Le retard est oublié, presque mis au débit de Lucie. Paris, les métros, la course, son monde à elle.

« Mais tu vas dormir où ?

— Chez Antoinette, elle a une chambre d'amis, enfin la chambre des enfants. »

Un frisson traverse Lucie. La chambre des enfants. Sa mère ne lui a pas demandé de séjourner chez elle. Ne lui a pas dit qu'elle restait quelques jours. Sa mère dort chez Antoinette. Et leur troisième copine, vont-elles lui rendre visite ? Ont-elles organisé une sortie au théâtre ? Au restaurant ? À une exposition ? Sophie, la mère de Louis mort il y a quelques mois maintenant. Sophie, Antoinette, Violaine et tous les autres qu'elle a vus rassemblés à l'enterrement. Tous les adultes étaient là, c'est les enfants qui manquaient. Héloïse, puis Louis. Ne restait plus qu'elle. Et Lucas. Mais il vit en Australie. Il n'a pas daigné faire le voyage pour enterrer son frère. Elle s'était retrouvée isolée, comme la survivante d'un ancien monde, l'unique représentante d'une espèce qui aurait résisté contre toute logique, un anachronisme. À distance de ses parents. Seule, sans Héloïse, ni Louis, entourée d'inconnus et de personnes âgées.

« Tu vas voir Sophie ? »

Violaine se ferme. Affiche le masque de douleur. Comme si on l'avait attaquée, elle, par une simple question, la tragédie par contiguïté. Elle ne répond pas. Lucie est obligée de demander à nouveau, d'insister, de jouer le rôle de celle qui violente, qui dérange, qui ne respecte rien. « Tu vas lui rendre visite ? »

Violaine est contrainte de répondre : « Je ne l'ai pas appelée, c'est trop dur pour elle. »

Lucie ne voit pas le rapport entre le fait que ce soit dur pour elle et le fait de l'appeler. Elle dirait même qu'il pourrait y avoir un autre lien que celui que tisse sa mère, un lien comme : c'est trop dur pour elle, *donc* je vais l'appeler, et même la voir. Mais il faut respecter la douleur. La douleur est sacrée. On fait des mausolées de douleur dans ces familles, on les referme une bonne fois pour toutes, puis on ne cesse de les fermer, d'appuyer le pied contre la porte qui résiste, de verrouiller, mais c'est sans fin, sans fond, la clé tourne indéfiniment, les mausolées se craquellent. Il ne faut pas réveiller les morts. On ne voit plus ceux qui sont touchés. On calfeutre les fenêtres, on réduit les risques d'épidémie.

Mais Sophie tout de même, ton amie, songe Lucie.

« Je crois qu'elle souffrirait de me voir, moi qui n'ai rien perdu ni personne. C'est trop dur.

— Elle souffre que je sois encore en vie ?

— Ce n'est pas ce que j'ai dit. Tu racontes n'importe quoi. Tu n'as aucun cœur, essaie de comprendre. »

Grosse égoïste.

Pas de questions, elles sont malvenues. Depuis toujours. Lucie ne lâche pas, à bout de forces pourtant. Elle tient un os.

« Mais tu lui as parlé ? Tu en sais plus ? Tu as des nouvelles ? Quelqu'un parle encore de Louis autour de vous ? »

Elle a haussé la voix.

Sa mère attend avant de répondre. Elles se toisent. Qui est accusé ? Dans quel tribunal ? Les rôles des procureurs et ceux des victimes ne sont jamais clairs dans cette pièce.

Violaine a passé son existence à sauver des vies. Ou à assister, impuissante, à la mort brutale, lente, agonisante, sursitaire. Elle a annoncé à des familles qu'elles avaient perdu soit un mari, soit un fils, soit une mère. La mort est un travail, on parle des détails techniques, on prend l'habitude de taire la violence, les larmes, les cris des vivants, on est obligé.

« C'est encore trop tôt. J'attends qu'elle émerge, qu'elle fasse signe. Je lui ai envoyé des textos et des mails, juste pour lui dire que j'étais là…

— Où ?

— Là.

— Tu lui as *parlé* ?

— Je viens de te dire.

— Non, parlé, en vrai, tu as entendu sa voix ? Elle a entendu la tienne ?

— Je viens de te dire.

— Elle ne part pas en Australie ?

— Je ne sais pas.

— Il ne doit pas trop la réconforter de là-bas ?

— Lucas a toujours été attentionné. Plus que Louis, plus que vous. Mais il a des obligations.

— D'accord. On arrête d'en parler.

— On ne sait pas. S'il a pris les médicaments et l'alcool sciemment, on ne peut pas savoir, les doses sont à la limite, rien ne prouve qu'il a voulu… Il n'y a que des interprétations. Je n'aime pas les interprétations.

— Ça veut dire quoi, des doses limites ?

— Ça veut dire qu'il aurait très bien pu survivre. Tu sais bien qu'il buvait beaucoup, il consommait des trucs, il vivait la nuit, voilà, c'était son mode de vie, ça ne veut pas dire qu'il en avait marre. Avec quatre enfants, tu penses.

— Justement, avec quatre enfants… » Et bizarrement, ça la fait sourire.

« Qu'est-ce qui te fait rire ? »

Lucie n'a plus envie de cette conversation, soudain, elle voudrait chanter *La Marseillaise* fort et se boucher les oreilles, recouvrir la voix de sa mère, *j'entends pas j'entends pas j'entends pas j'entends pas.*

Il faut être rationnel, arrêter de céder à cette manie, là…

J'entends pas j'entends pas j'entends pas j'entends pas.

Le drame, à tous les coins de rue, la tragédie, il faut arrêter quoi ! on va finir par croire que ça fait plaisir, qu'il y a du plaisir là-dedans…

J'entends pas j'entends pas…

Lucie se lève *j'entends pas j'entends pas*, Faut que j'aille pisser ! *j'entends pas j'entends pas...*

« C'est toujours comme ça avec toi, tu veux qu'on discute vraiment, tu veux l'avoir ta conversation et quand on commence tu fuis… Et en plus tu es vulgaire ! »

Violaine hausse les épaules, échauffée. Lucie s'éloigne, respirer dehors, il fait tellement chaud, mais il faut atteindre la porte, elle est loin, au bout de la salle, et des gens font barrage, des files de dos assis, calés, inamovibles, des épaules et des dos, des manteaux sur les chaises, il fait chaud, arriver jusqu'à la porte, elle bouscule un serveur, pousse une chaise, fait tomber une écharpe, qu'elle ramasse, marmonne des excuses, arrive à la porte et l'ouvre. L'air.

L'air froid de fin d'hiver, et cette petite pluie fine, insidieuse, sale. Lucie fait quelques pas dehors, le visage tourné vers le ciel, prend une inspiration, expire, une deuxième. Demande une cigarette au couple qui est sorti fumer, s'excuse d'avoir à demander, d'avoir à quémander, ça coûte cher maintenant, elle propose de la payer sa cigarette, sort cinquante centimes de sa poche, le couple refuse et lui tend une Malboro light, la lui allume, ses doigts tremblent, elle n'a pas pris de manteau, le froid la saisit, elle aspire avec avidité la première bouffée, la garde longtemps en elle, la fait tourner dans sa gorge, l'avale doucement, recommence. Sa respiration se calme, le froid devient désagréable, lui qui l'avait saisie comme on prend quelqu'un pour l'arracher à la boue qui menace de le submerger. Le couple rentre. Elle est seule avec sa cigarette et la pluie, et le ciel bouché. Elle la fume jusqu'au mégot, jusqu'aux doigts qui jaunissent, jusqu'à la fin de l'incandescence.

Pourquoi se mettre dans ces états ?

Elle ouvre la porte, fait le chemin inverse et s'assoit en face de sa mère.

« Excuse-moi », lui dit-elle.

Violaine lui prend alors la main et la serre entre les siennes.

« C'est moi qui m'excuse, je sais que c'est dur. Je pensais que… Tu ne le voyais plus, depuis longtemps, je pensais que ça ne te ferait rien, enfin pas comme quand on perd quelqu'un qu'on côtoie quotidiennement, pas comme Héloïse, je pensais que tu perdais quelqu'un que tu avais déjà perdu ; ça fait combien de temps que vous ne vous étiez pas vus ?

— Dix, quinze ans peut-être. On s'est croisés, si, on s'est croisés dans un restaurant, il était avec sa femme, mais on ne s'est rien dit. Juste qu'on allait se revoir.

— Eh ben tu vois, c'est ce que je me disais, que ça ne t'affecterait pas tant que ça.

— Tu as raison. Ça va ; ne t'inquiète pas, il ne peut pas me manquer, sinon il m'aurait manqué depuis tout ce temps, *si heureuse que sa mère lui tienne la main. Ne me lâche pas, maman*, C'est toi qui as raison ; je fais toujours des drames de trois fois rien. »

La boue et les herbes arrachées, et l'essence qui stagne. Ça faisait un moment qu'elles l'avaient distancé. Pourtant, bien plus tard, Louis était réapparu, et devant lui, les adultes dont les appels étaient de plus en plus clairs. Il observait, de loin, accroupi, à quelques dizaines de mètres de la cabane, indifférent aux moustiques qui attaquaient ses mollets, ses genoux, se frappant les cuisses d'un geste nerveux, brutal. Personne ne faisait attention à lui, mais on sentait sa peur. Héloïse et Lucie le voyaient, elles. Leurs regards se croisaient, fixes, dans le grand remue-ménage des adultes. Et il se frappait de plus en plus violemment, et c'est cela qu'elle voyait, Lucie, ces grandes claques sur ses cuisses constellées de piqûres et de filets de sang.

Le serveur arrive pour prendre la commande. Violaine choisit une tête de veau sauce gribiche, c'est son plat fétiche lorsqu'elle vient ici. Lucie n'a pas faim, il faut se forcer, pour une fois qu'elle va au restaurant. Mais elle n'aime pas déjeuner. Le soir, oui, avec un verre de vin rouge, ses enfants et son mari, assise près de la cheminée qui, si elle fonctionnait, deviendrait peut-être moins intéressante. Le désir des flammes est plus fort que les flammes. À midi, elle ne veut rien avaler pour avoir faim le soir. Et le soir est plus important que le midi. Le soir, elle retrouve les siens, aucun midi ne peut concurrencer le soir, même celui qu'elle passe avec sa mère, surtout celui-ci. La tête lui tourne.

Elle choisit une salade de magrets, il n'y a rien de moins consistant sur la carte. Commande un verre de vin. Ça oui, elle est autorisée. Sa mère ne lui dit rien, et même l'accompagne. Après tout, elles ne se voient pas si souvent.

L'alcool la réchauffe, la calme, une gorgée, puis une autre.

« Sur quoi tu travailles en ce moment ?

— Le temps, on fait un dossier sur le temps.

— Le temps ? Vieux souvenirs de prépa... ça va pas être facile à vulgariser... »

Ce mot, vulgariser... Le journal se bat pour l'évacuer des publicités, plans de communication, stratégies ; il ne l'utilise qu'avec les financiers.

« Non, ce n'est pas facile, mais ça fait rêver les gens, il y a des films, *Gravity* ou *Interstellar*, qui ont eu du succès ; que les temps n'aillent pas à la même vitesse ou qu'on puisse être plus vieux que son père, ce sont des choses que les gens aiment. Il faut juste expliquer pourquoi c'est possible, pourquoi ce qui est inconcevable est possible, pourquoi ce qui est inimaginable et inconcevable peut se produire. »

La tête de veau sauce gribiche arrive. Ainsi que la salade de magrets, pauvres petites tranches reposant en leur graisse sur des feuilles de salade fatiguées. Lucie picore, et goûte la tête de veau. C'est si étrange, une tête de veau. Que mange-t-elle exactement ? Des choses indéfinissables, et d'une certaine manière, c'est agréable. Os ? Cartilage ? Peau ? Tout ceci transformé, afin de s'éloigner de la forme, ce veau à l'œil humide, qui observe les hommes l'abattre d'un coup de pistolet.

Elle délaisse les magrets, que sa mère récupère. C'est la tête de veau qui lui plaît. Et cette sauce gribiche, verte, jaune, une mayonnaise sans doute, avec des câpres, elle a toujours aimé les câpres. Pourquoi n'a-t-elle pas commandé de tête de veau ? Pourquoi ne commande-t-elle jamais ce qu'elle aime, ce qu'elle désirerait au fond ? Est-ce vraiment pour garder de l'appétit en vue de la soirée ? Pourquoi n'ose-t-elle pas dire au serveur, avec une certaine fierté, comme sa mère : « Je voudrais une tête de veau sauce gribiche s'il vous plaît » ? Ou plus affirmatif encore : « Une tête de veau pour moi ! » Il ne mettrait pas en doute sa parole, n'interrogerait pas ses goûts puisque la tête de veau figure au menu, et que le menu n'est pas un piège.

Sa mère, elle, ose ! Elle a bon appétit. Lucie ne fait que goûter dans l'assiette de Violaine, qui veut bien partager, un peu, mais pas non plus lui céder son plat, elle n'avait qu'à commander la même chose. C'est toujours comme ça avec elle, elle préfère inévitablement ce qu'il y a dans l'assiette du voisin. Et cette manie qu'elle avait, plus petite, de quadriller son assiette et de ranger la nourriture par couleur ! Un supplice pour les autres ! Lucie s'étonne que sa mère ait autant de souvenirs de la petite fille qu'elle était devant un plat. Il était si rare qu'elles partagent un repas ! Ou bien sur le pouce, et le menu était invariablement estampillé « William Saurin », lui rappelle-t-elle, ou des conserves : thon maïs pâté. À l'heure du déjeuner, elle restait à la cantine. Violaine s'énerve : le nombre de fois où elle l'a invitée ici même ! Les mercredis après-midi par exemple, et les week-ends ! Tous les restaurateurs du coin nous connaissaient. Mais Lucie résiste intérieurement. Ce n'est pas vrai. Sa mère allait souvent au restaurant puisqu'elle ne savait pas cuisiner. Mais elle ? Ils la laissaient chez la concierge, qui du reste savait faire à manger, elle ! Ou la traînaient avec eux et commandaient d'office le menu enfant alors que, déjà, elle avait pris en grippe les frites et le steak haché. Et puis elle attendait des heures qu'ils aient terminé, observant sous les tables les genoux des gens et s'endormant sur les banquettes en Skaï. Ce n'était pas une enfant gênante.

« Comment ça va avec Vincent ? demande Violaine.

— Bien, très bien. Il travaille beaucoup. Ça va. »

Qu'irait-elle raconter à sa mère de son intimité ? Violaine sait que Vincent est solide, et que ce couple-là semble être véritable : faut-il lui expliquer les muscles, le goût, et le désir encore là, ou pas loin ? Rien de cela ne la concerne.

Violaine a connu l'autre, l'ennuyeux, celui dont il n'y a rien à dire, excepté : le gigot de sept heures était au point ! Mais quelle belle table ! Oh ce pain à l'ail ! Et elle l'appréciait ce couple, il était tranquille, sans bruit, il convenait à tout le monde.

Avec Vincent, Violaine se sent une intruse. Elle n'y a pas sa place. Alors elle claironne qu'elle a passé le relais. Mais quel relais ? se demande Lucie, qui ne souhaite pas argumenter, ni même revenir sur cette question du relais, c'est déjà trop de proximité, et toute proximité est glissante, comme la boue, comme les flaques d'essence dans la boue.

Le vin coule dans sa gorge. Elle parle plus librement, de Mina, d'Augustin, il faut s'organiser pour les prochaines vacances, elle les accompagnera chez eux. Violaine est dubitative, les adolescents s'ennuient à la campagne, et elle n'a pas envie de faire la tournée des centres commerciaux pour leur être agréable.

Violaine ne souhaite pas recevoir ses petits-enfants, c'est ça que ça veut dire. Pourtant, elle avait beaucoup compté sur ses propres parents pour garder Lucie. Tous les étés. Elle et Héloïse, Héloïse et elle, et parfois Louis et Lucas, pour décharger Sophie, mère célibataire et médecin elle aussi. À quatre, on se garde tout seuls, ça donne plus de travail d'intendance, mais les enfants sont autonomes et peuvent aider. Sophie est l'amie de la famille. On la connaît depuis toute petite. On peut faire ça pour elle. On aime bien les deux petits. On ne les entend pour ainsi dire jamais.

Violaine ne s'embarrasse pas d'enfants quand elle peut l'éviter. Lucie boit un autre verre. Et se demande tout haut comment expliquer à des néophytes la courbure de l'espace-temps, cet espace qui se déforme en présence de corps massifs, et le temps qui s'étend, ou se détend, comme un élastique, l'espace comme un tissu, l'espace-temps comme un tissu élastique et le corps créant une dépression dans le tissu. Une dépression. Par le corps ? Le corps crée une dépression dans l'espace-temps.

« Ce n'est plus la force gravitationnelle qui fait tourner la Terre autour du Soleil, mais une perturbation de l'espace-temps. La force est remplacée par une perturbation. C'est la courbure.

— Je n'ai rien compris. »

Lucie va pour boire une autre gorgée, sa mère pose une main sur le verre. Une poussée de violence irradie son cerveau, elle pourrait planter le verre dans la gorge de sa mère. Puis elle se calme.

« Tu passes alors demain soir ?

— J'essaierai.

— Il faut que j'y aille, j'ai encore plein de boulot.

— Vas-y, je t'invite, je vais rester là, Alain et Corinne me rejoignent pour le café. »

Alain et Corinne travaillent encore à l'hôpital, en face du bistrot. Ils sont plus jeunes, ont été formés par Violaine. Violaine est dans son élément. Solide. Toujours solide. Aucune courbure d'espace-temps, un univers parfaitement newtonien.

Lucie décide de marcher pour s'aérer le long des quais. Elle a envie de rire, enfin libérée, enfin seule, de rire avant de rentrer au bureau, et d'observer les gens, les bateaux, les pigeons, d'observer la vie qui bat à côté d'elle. Elle se donne un lieu sur la carte qu'elle a en tête, d'où elle reprendra le métro. Carte mentale de la RATP, elle la connaît par cœur, les couleurs, les lignes et les correspondances. Les nœuds et les distances. Elle se donne Gare-d'Austerlitz comme point de rupture entre le haut et le bas, la surface et le souterrain. Ligne 10, qui s'enfonce dans la terre, au contraire de la 5, qui demeure aérienne du Quai-de-la-Rapée jusqu'à

Saint-Marcel. Elle a un doute tout à coup. Campo-Formio ou Saint-Marcel ? Le pont, Notre-Dame à droite, la Cité de la mode à gauche, en face le jardin des Plantes, le pont, puis Austerlitz, gare des déshérités avec la gare de Bercy, gare du Centre et du Sud-Ouest, des TER, Téoz et autres noms qui cherchent de l'élégance à ce qui n'est définitivement pas TGV, des trains lents, des trains Corail, où l'on trouve encore des compartiments de six, de huit, et des couloirs, des passages bruyants entre les wagons où il fait froid, des toilettes où tout bouge, tout bouge tellement qu'il faut se tenir aux murs et qu'on marche dans l'urine. Après Austerlitz, il y a la Pitié, et c'est après, il lui semble, qu'on plonge sous la terre jusqu'à Place-d'Italie.

Les escaliers sont si profonds à Gare-d'Austerlitz.

Tombe tombe tombe.

Si bas que Louis ? Si bas qu'on ne peut plus tomber ? Cette sensation d'être attirée par le vide, et la peur qui noue le ventre d'accepter son appel. La tête cognant les marches, le corps démantibulé. Les angles nouveaux que forme le corps. La désarticulation.

Tombe tombe. Plus bas que la boue ? Les herbes arrachées ? Et l'essence qui pue. Un homme la frôle en la dépassant, son corps se rassemble, elle se voit là soudain en haut des escaliers, près de dévaler les marches, comme une cascade, une chute. Elle retrouve une certaine unité de son corps, le visualise dans le regard des autres. Il ne faut pas attirer l'attention. Faire la morte. Ça sent le joint, une odeur forte de weed, elle regarde autour d'elle. Un punk à chien en bas de l'escalier fume. Elle prend une grande inspiration pour en profiter, un peu, et s'accroche à la rampe pour descendre, les jambes tremblantes.

Elle aurait aimé avoir plusieurs vies. Par exemple vivre à Marseille, ou à Bordeaux. Une vie où elle aurait vécu à Marseille ou à Bordeaux, et pas seulement un passage dans sa vie, une parenthèse de dix ans, non, « une vie à Marseille » ou « une vie à Bordeaux » de quelqu'un qui grandit dans les rues, voit l'évolution de la ville, la regrette ou s'en félicite, qui déménage à la limite d'un quartier à un autre, connaît les bars, les bonnes adresses, les odeurs des rues, les odeurs des lieux. Et quand un Parisien viendrait y passer ses vacances, ou seulement un week-end, elle le prendrait de haut en se disant : il ne pourra jamais comprendre.

Cette vie, elle ne l'a pas. Au lieu du tram transparent qui circule dans les artères de Bordeaux en plein air, au lieu des bretelles aériennes qui surplombent Marseille, elle subit un nouvel arrêt de la rame entre deux stations, une main sur sa boîte de Xanax au cas où. Toutes ces vies qu'elle ne pourra pas vivre, et la sienne qu'elle n'arrive plus à endosser.

Il suffirait d'aller à Marseille, ou à Bordeaux. Mais il est trop tard pour les autres possibles. Elle les voit s'amenuiser au fil du temps. La courbure de l'espace-temps de la relativité générale ne peut rien pour elle. Le métro a repris sa course. Ses doigts lâchent la boîte de Xanax. Encore un trajet qu'elle aura tenu jusqu'au bout. Victoire.

Une vie dans les tunnels

Elle place ses écouteurs sur ses oreilles pour se distraire du reste – ce qui l'entoure, elle-même, ce qui pourrait arriver, on ne sait jamais. La musique reprend là où elle s'était arrêtée la veille sans qu'elle ne lui demande rien. Elle fait confiance. Qu'on lui épargne le plus grand nombre de décisions possible – c'est exactement ce qu'elle souhaite. Tindersticks, *Hey Lucinda, tonight I'm gonna stay home… Hey Lucinda, come out drinking with me tonight.* Mais Lucinda ne peut pas, ne veut pas. *I may be waiting for you. Hey Lucinda, our time is running out.*

Come out drinking with me tonight.

Mais Lucie-Lucinda résiste. *I only dance to remember how dancing used to feel. I wake up every morning to find you waiting for me…*

Hey Lucinda. Lui aussi résiste, il l'aime, il l'attend, tous les soirs, tous les matins, il est là, il continue de lui demander, il continue de croire qu'elle va le suivre, sortir de chez elle et boire, et danser. Il continue de faire croire qu'il croit qu'elle va le suivre, et sortir enfin de chez eux, cet appartement mortifère.

C'est un homme amoureux, même s'il l'entraîne à boire.

Est-ce que la chanson raconte bien tout cela ? Lucie ne parle pas couramment anglais, elle se raconte pas mal d'histoires, mais ces phrases-là, au moins, sont dites, et chantées, et elles signifient bien quelque chose. *Our time is running out.* Quoi qu'il se passe autour, avant, après, *our time is running out* a un sens précis. Et dans ce sens précis, il y a encore l'idée d'un temps commun, du temps d'un couple. La musique est régulièrement interrompue par les notifications qu'elle n'a pas réussi à refuser. Même Franceinfo lui envoie des nouvelles, elle qui n'y tient pas tant que ça. La grève SNCF, puis le meurtre d'une femme, et les accords sur le Brexit, *Lucinda, our time is going out*, le monde n'arrêtera pas de tourner pour autant.

L'immeuble moderne où se trouvent les bureaux du journal, ainsi que tous les autres titres du groupe, bute contre elle, qui l'a à peine vu arriver, perdue qu'elle est dans ce qu'on appellerait injustement des pensées. Elle entre dans le hall, sort son badge, son casque toujours sur les oreilles, prend l'ascenseur heureusement transparent, et s'arrête au septième où bourdonne la rédaction, conversations, clapotis des doigts sur les touches, quelques sonneries de téléphone. Elle ôte enfin son casque, à nouveau en sécurité.

Myriam lui demande, tandis qu'elle s'assoit à son bureau, s'étant débarrassée de son manteau, son pull, son écharpe, si elle a déjà lu le bouquin de Husserl sur le temps.

« Non, répond Lucie, c'est ma grande lacune, jamais ouvert. Mais je sais que j'ai un exemplaire chez moi, je regarderai ce soir si tu veux, on a besoin d'un topo là-dessus ?

— Bergson et Husserl, ils ont dit. »

Bergson et Husserl. Dans sa bibliothèque. Des livres de ses années d'études. L'excursion en philosophie. Des livres à ouvrir un jour, au cas où.

« Tu avais déjà remarqué qu'il y avait une station fantôme entre Quai-de-la-Rapée et Bastille ? » demande Lucie.

Myriam hausse les épaules :

« Je vois pas.

— C'est drôle comme on ne regarde rien quand on est dans le métro. On ne regarde pas les tunnels. Mais il y a une vie dans les tunnels. Et il y a une ville aussi.

— On ne regarde pas parce qu'on lit, qu'on joue sur son téléphone et surtout qu'il y a juste des murs noirs crasseux.

— Ben voilà comment tu es passée à côté de la station fantôme. J'aimerais connaître son histoire. Mais où chercher ?

— Mets-toi plutôt sur le temps, ça urge… »

Husserl, Bergson, juste un paragraphe. Elle ne connaît de Husserl que le mot de sédimentation. Mais pas son contenu. Comment la sédimentation a-t-elle pu devenir un concept philosophique, alors que pour elle, elle désigne ces détritus qui s'amoncellent, et finissent par faire barrage, par s'incorporer, comme les traces de coquillages ou les mues de serpents qu'on retrouve fossilisées dans la pierre, et qui rappellent la vie, la vie emprisonnée, la mémoire pétrifiée. *Je me transforme en pierre et ma peur continue.* Le serpent et le coquillage continuent d'appeler, lire leur forme, est-ce les comprendre ? Leur souvenir-pierre porte-t-il un cri ?

La sédimentation. Un résumé, un encadré, la sédimentation en deux feuillets, 3 000 signes.

Ça recommence. La réalité s'éloigne. L'autre réel revient.

« Le mouvement, si on n'y considère que ce qu'il comprend précisément et formellement, c'est-à-dire un changement de place, n'est pas une chose entièrement réelle », article XVIII, Leibniz, *Discours de métaphysique*. Elle note. Un mouvement, ce n'est pas réel ? Lucie fait glisser ses doigts de droite à gauche – pas réel ; puis elle fait pivoter sa tête en rythme, comme pour suivre une musique qu'elle serait seule à entendre – pas réel. Et si elle se lève pour aller jusqu'à la machine à café, ce mouvement-là sera-t-il réel ? Et nager dans la Dordogne ? Et courir avec des chaussures en plastique dans la boue ? « Formellement pas réel. »

Elle tape sur son moteur de recherche « sédimentation ». Wikipédia apparaît en premier : « La sédimentation est un processus dans lequel des particules de matière quelconque cessent progressivement de se déplacer et se réunissent en couches. » Le mouvement des particules s'arrête – réel ou pas réel –, il finit par créer un bouchon comme celui qu'on enlève de la bonde : cheveux poils boule. Mais « la sédimentation est accrue dans les zones d'hydrodynamisme atténué », les cheveux poils boule ne sont pas de la sédimentation tant que l'eau coule, c'est lorsqu'elle est stagnante que le processus commence. Alors les couches de temps deviennent solides. Des couches de temps que la viscosité scelle. La boue. Du temps piétiné puis aggloméré par la boue, et des taches d'essence qui flottent.

Ça recommence, les signes sont là.

Son portable émet un bip, puis une dizaine de bips. Le groupe WhatsApp de ses amies qui organisent « un dîner de filles » la semaine suivante. Lucie observe les différents messages défiler avec leurs émoticônes inventives qui expriment la fête, la joie, la déception de ne pouvoir être libre à la date prévue, puis les excuses des unes et des autres, enfants à garder, pas de baby-sitter, déplacement à l'étranger ; on apporte une quiche, du vin, des bulles, des desserts. Il y a des petites bouteilles qui s'ouvrent, des citrons qui rient, des yeux en forme de cœur, il y a des chatons qui sourient, des mains qui applaudissent… Elle se met à chercher à son tour dans les émoticônes qui lui sont proposées, et s'arrête sur la série d'animaux. Qui peut bien avoir besoin d'envoyer une tête de coq, une fourmi, une chauve-souris ? Une grenouille, un lapin, un groin de cochon, plusieurs races de souris, plusieurs races de chiens, plusieurs races de poulpes (des races de poulpes, vraiment ?), des poissons, un rhinocéros. Elle aimerait participer à la farandole des images, un kangourou peut-être ? Ou un hérisson ? Elle appuie dessus, puis sur un autre, et aligne une série d'animaux qu'aucune règle biologique ni géographique n'autoriserait à rassembler, elle les coche tous et les envoie, épuisée, tremblante, le front en sueur. Il lui semble avoir accompli quelque chose. Un acte de résistance peut-être ? On lui répond immédiatement par des points d'interrogation, certaines par des émoticônes du règne végétal. S'ensuit une compétition acharnée à laquelle la puissance invitante met fin en exigeant des réponses plus concrètes. Elle devrait savoir pourtant que Lucie abhorre les dîners de filles. Pas la façon dont ils se passent, en général, elles boivent, elles rient, c'est agréable. C'est le concept qui lui déplaît. Pourquoi un dîner de filles serait-il plus intéressant, plus fascinant, plus spécial qu'un dîner normal ? Excepté peut-être que la plupart de ses amies sont en ce moment célibataires, et que la notion « dîner de filles » est plus un constat qu'une injonction. Pour Lucie cependant, et pour certaines autres aussi, il s'agit bien de laisser à la maison mari et enfants pour s'émanciper. Mais l'idée d'émancipation est floue pour elle, surtout rattachée à celle de dîner de filles. Elle ne veut pas être renvoyée à son statut de fille, elle ne veut pas que cette catégorie puisse justifier quoi que ce soit, y compris un dîner. Elle s'échauffe, elle s'énerve. Pour quelle raison devrait-elle abandonner son mari et ses enfants, même un soir ? Parce qu'elle est une fille ? Parce qu'à ce titre elle est requise pour une joie de filles, une nourriture de filles, des conversations de filles, des souffrances de filles ?

Elle éloigne son portable d'elle et se replace face à son écran. Les bips continuent, elle active le mode silencieux de son téléphone.

« Un problème ? demande Myriam.

— Non. »

Elle sait que Myriam est adepte des dîners de filles, elle sait que Myriam est célibataire, et qu'elle aime partager ce « drame » avec d'autres célibataires qui considèrent également qu'il s'agit là d'un « drame ». Myriam croit en l'Amour et dans le couple depuis qu'elle est toute petite. Sa vie n'a jamais été à la hauteur de sa croyance. Lucie n'a jamais cru en rien, mais a eu plus de chance.

Elle lit, souligne, copie-colle une série de paragraphes, elle met en ordre, elle archive. Le plan du dossier se dessine, s'affine. Elle n'écrira pas tout et peut déléguer des petites rubriques, les « ce qu'il faut savoir », les « … en cinq dates », les « anecdotes » et les « grandes controverses ». Celles-là, elle va devoir les traiter, un encadré se chargera en outre d'en donner les repères. Il faut aussi songer aux illustrations ; la graphiste attend ses consignes. Et de préférence, si on pouvait éviter Einstein qui tire la langue…

Faut-il parler de la mémoire ? Nulle part, les articles qu'elle compile n'y font mention. La mémoire n'est pas scientifique, la mémoire est une faculté subjective, les théories existent bien sûr, et les recherches en neurosciences qui permettent de la localiser, voire d'en décrire le fonctionnement mécanique. Il ne s'agit plus alors de temps à proprement parler, mais bien d'espace, de lieux du cerveau, de connexions – de machines. Quel rapport la mémoire a-t-elle avec le temps ? Lucie se pose la question de façon théorique, de façon professionnelle. Faut-il ou non parler de la mémoire dans un dossier sur le temps ?

La mémoire est un objet littéraire, à la limite psychanalytique. Proust. La madeleine se mesure-t-elle ? Avec quel instrument ? Proust est incontournable, elle n'a pas le temps de relire. De lire, se corrige-t-elle intérieurement.

« Faut-il parler de la mémoire ?

— Non, répond Myriam, sauf si tu la places en évoquant Bergson. Mais à mon avis, il vaut mieux rester sur la durée et la synchronicité avec lui, sinon on s'égare. »

On s'égare. Forcément. Elle récupère son portable pour répondre à son groupe d'amies WhatsApp qu'elle ne sera pas libre pour dîner le mardi d'après. Désolée. Puis elle le reprend pour envoyer une émoticône cheval. N'a pas pu s'empêcher.

C'est elle qui a voulu s'occuper du dossier, on ne l'a pas forcée. Maintenant qu'elle y est, elle se demande pourquoi. Alors qu'elle aurait pu s'en tenir à un article, et rentrer tranquillement le soir, sans rouvrir son ordinateur, sans angoisse, sans contrainte. Et sans être moins payée.

Sur sa page Word, ses doigts tapent tout seuls.

> Je voudrais être vue. Je voudrais qu'on me voie. Je voudrais qu'on se dise, c'est elle, je la reconnais, je l'aime, c'est quelqu'un qu'on ne peut pas ne pas aimer. Je voudrais être invisible. Traverser la ville sans que personne ne se retourne, sans que personne ne perçoive la saleté sur mes genoux et mon visage, et l'odeur de vieilles feuilles mortes pourries. Et qu'on m'aime même si je n'existais pas. Je voudrais ne plus exister mais rester dans tes bras.

Puis elle efface.

Myriam lui tapote l'épaule. Elle se retourne brutalement. Myriam recule. « Ne me regarde pas comme ça ! On dirait que tu ne me reconnais pas ! » Remettre ses yeux dans leurs orbites, retrouver la pupille. Elle se frotte le visage.

« Je suis fatiguée, j'ai mal au crâne.

— Je te dirais de rentrer plus tôt s'il n'y avait pas le dossier. Faut que tu avances, Lucie, qu'est-ce que tu as ?

— Rien.

— Tu veux un Efferalgan ? Je te passe un Efferalgan, je vais te chercher de l'eau et te le préparer. »

Va-t-elle vraiment dire tout ce qu'elle va faire ? Et les bulles ? Quand vont-elles commencer à remonter les bulles ? Myriam s'exécute, et Lucie aussi, qui boit gentiment l'Efferalgan et les bulles qui remontent et qui piquent, l'Efferalgan, ce remède universel dont elle manque toujours. *Ça recommence.* Le goût n'est pas mauvais, Lucie décide de croire en l'Efferalgan, de l'accompagner dans sa gorge, dans son sang, et de se réjouir avec toutes ses cellules de recevoir les bienfaits d'une molécule. Un petit Xanax serait bienvenu lui aussi. Mais Myriam ne lui en propose pas.

« Je vais sortir fumer une clope. » Voilà un autre remède autrement plus efficace. Myriam hausse les épaules. « Si tu as décidé de te détruire. » Comment sait-elle ? Il faut reprendre l'ascenseur vitré, descendre les sept étages, sortir dans le froid, et tirer, tirer, sur sa cigarette, aspirer, avaler, se remplir. Et éprouver ce pincement au cœur lorsqu'il est certain qu'elle est finie, et qu'on est en train de tirer sur un mégot jaunâtre, un mégot qu'il faudrait donc jeter. D'abord éteindre, puis jeter. Il paraît que les mégots sont l'une des plus grandes sources de pollution en ville. Et puis rentrer dans le hall, sortir son badge, qui permet d'activer les boutons de l'ascenseur vitré, remonter le nez collé à la vitre pour s'assurer qu'il y a une porte de sortie si jamais, un extérieur, le vide. Et se rasseoir à son bureau, se concentrer enfin. Ça aurait été plus simple de fumer devant son ordinateur.

L'élan que lui a donné la cigarette s'est dissous dans le voyage du bas vers le haut. Le voyage vertical. Elle se donne 10 000 signes à écrire. Et puis après *basta*, *finito*, voyage vertical vers le bas, voyage souterrain, sortie de terre, courses, clés, chez soi, cheminée bouchée et verre de vin rouge, enfants, mari, joie.

Ses mains tremblent, elle les discipline sur le clavier. Vérifie dans la barre d'outils, à « statistiques », le nombre de signes au fur et à mesure qu'elle écrit. Lorsqu'elle atteint 10 087, elle cesse, enfile son manteau et s'en va. Myriam est déjà partie, comme la plupart des rédacteurs. Elle n'a pas démérité. Encore une journée justifiée. Elle aimerait recevoir un chien qui lèche une joue, mais cette émoticône n'existe pas, et qui le lui enverrait ?

Si Violaine passe

Sur le chemin du retour, elle pense aux courses à faire, à l'apéritif « au cas où » sa mère aurait le temps de passer. Mais elle n'a pas envie de retourner au U. Un peu d'imprévu égaierait la soirée. Elle s'arrête à Carrefour, grand, remis à neuf, plein de promesses. Ne sait pas par où commencer. Des allées partent, innombrables, vers le fond qu'elle aperçoit à peine tant il est loin : les parcourir systématiquement ? Ou choisir un ordre aléatoire ?

Peut-être faudrait-il d'abord réfléchir à ce qu'il faut acheter, ce qui pourra être présenté dans le service blanc et bleu de sa grand-mère. Elle s'est battue pour qu'à la vente de la maison on ne le jette pas. Les tasses sont ébréchées et les assiettes fendues. Un apéritif avec noix de cajou biologiques mais salées, les préférées de Violaine, amandes grillées, pistaches. Dans les assiettes aux motifs floraux. Comme avant, comme d'habitude. *Le mouvement n'existe pas formellement. Rien ne bouge, rien ne change.* Des Tuc aussi ? Pour Mina ? Mina adore les Tuc. Mais elle doit faire attention à sa ligne. Elle entre dans l'âge des seins, des cuisses et du débordement, paraît-il. Lucie n'en a pas eu l'expérience, comment pourrait-elle savoir ? Mais Mina se plaint, elle se trouve trop grosse, alors que Lucie la trouve ravissante. Lucie la regarde avec extase. Sa fille. Les yeux noir profond, toujours éclairés, en alerte, et sa peau hâlée sucrée, ses petits seins, ses petites cuisses, tout cela si petit, si adorable – Mina les hait. Mina peint au feutre sa glace pour ne pas se voir. Puis elle nettoie avec du white-spirit pour observer son bouton sous le nez et les dimensions de son visage, cherche ce qu'il faudrait changer, un peu plus ici, un peu moins là, raboter, redessiner, tout reprendre à zéro. Et Lucie qui s'extasie. De la facilité aussi qu'a Mina d'avoir des amies, de partager avec elles des secrets formidables ; éphémères ; excluants ; gloussants ; déchirants peut-être, mais ces secrets-là ne seront pas « sa donne », Lucie le sait. Elle fait la différence. Rouge passe, noir, rien ne va plus, votre mise de départ pourrait bien se *sédimenter*... Le service bleu et blanc, sauvé de la vente, *in extremis*... Elle achètera des Tuc, on s'en fout que Mina se trouve grosse, tant qu'elle aime manger passionnément des Tuc. Ces passions passent, les adverbes passent, les Tuc passent. Lucie ne sait refuser ce qu'elle appelle intérieurement des « signes d'enfance ». Comment le pourrait-elle ?

Son Caddie est plein, et peu importe que ce mois s'annonce plus difficile que le précédent – il faut payer la deuxième tranche de toutes les activités des enfants à la fois –, elle jette dedans tout ce que sa main touche, ne choisit pas, boulimique soudain, frénétique même. Choisir, peser, reposer, puis reprendre, c'est trop de temps gâché, c'est croire aux choses, au pouvoir des choses, c'est donner de la valeur, c'est prendre un certain intérêt à tout. Et tout, elle veut l'acheter, sans être contrainte d'y prendre de l'intérêt. C'est sa façon d'inaugurer le nouveau Carrefour.

Ça sert à ça l'argent, non ? Tous ses dossiers convertis en Tuc et en babioles colorées qui finiront au fond des placards – ce que sa mère déteste, cette folie de la consommation, ce péché de l'insatisfaction, cette incapacité d'affronter l'austérité, la dureté, la rareté, tiens-toi, tiens-toi droite, ramène au magasin, finis ton assiette, regarde dans le frigo, il y a toujours de quoi se faire un petit quelque chose, on n'est pas à Auschwitz, ne sois pas égoïste. Mais ce n'est plus sa mère qui parle. C'est elle, Lucie, qui s'invective, et depuis tant d'années.

Elle ne peut pas sortir de la cabane.

À la caisse, elle se rend compte qu'elle a pris trop de choses. Elle n'a pas de Caddie. Bien sûr. Les sacs. Là-bas. À la maison. Comme chaque jour. Comme tous les jours de la semaine. Comme toutes les semaines de tous les mois. Les sacs là-bas, et elle, ici. Son discours sur l'argent qui est fait pour être dépensé butte sur les trois fois quinze centimes qu'il faut payer pour y rentrer tous les achats. Elle se met à faire des signes à la caissière, qui ne comprend pas. Qui s'inquiète. Demande de l'aide. Mais personne ne parle la langue des signes. On préfère ne pas avoir d'ennui, on redoute toute manifestation discriminante, on fait attention, on est sur ses gardes, on est comme la mère de Louis qui veillait à ce qu'il ne se moque jamais d'Héloïse. Aura-t-elle droit à des sacs gratuits parce qu'elle est muette ? On n'a pas de temps à perdre. Le temps c'est de l'argent, derrière elle d'autres clients attendent. On lui donne un paquet de sacs. Elle paye, engouffre tout dans les plastiques qui lui scient les mains, on la regarde, ses gestes s'affolent, on l'aide un peu, vaguement, le mieux est qu'elle parte. Le cœur battant, elle sort sans accélérer le pas, c'est ainsi que font les voleurs pour ne pas se faire remarquer. Elle se concentre sur ses doigts et l'anse des sacs qu'elle passe d'une phalange à l'autre, puis sur l'avant-bras, dans le pli du coude et à nouveau sur les doigts, dès lors indisponibles à toute discussion. Un muet ne peut pas parler quand il rentre des courses.

Elle vient de s'interdire de revenir un jour au Carrefour. S'en désole. Il faut savoir laisser certaines promesses derrière soi. Et soudain elle se rend compte : C'est la première fois que je reparle en langue des signes depuis la mort d'Héloïse. Sans interlocuteur et sans hésitation ! C'est venu comme ça, ça a surgi des mains. Lucie les observe, fascinée : seraient-elles autonomes ? Un sourire se dessine sur son visage, et peu à peu ses mains lui parlent, la félicitent et lui assènent : Tu vois, ta mémoire est intacte.

À la maison, Mina et Augustin sont déjà rentrés, elle les appelle pour qu'ils l'aident à ranger les courses.

« Encore ! Mais tu en as fait hier !

— C'est peut-être pour ta grand-mère.

— Comment ça peut-être ? C'est pour elle ou quoi ?

— Peut-être qu'elle va passer, c'est un apéritif qui peut avoir lieu, ou pas.

— Mais tu as fait des courses pour trois semaines !

— Eh bien ça ne sera plus à faire ! »

Mina embrasse sa mère, elle a acheté des Tuc, puis elle se renfrogne.

« Comment je vais faire, moi, pour résister ! Je t'ai dit qu'il fallait que je maigrisse !

— Tu n'as qu'à manger que ça », suggère sa mère.

Puis elle leur demande de dresser la table de l'apéro qui peut avoir lieu ou pas, elle doit encore travailler un peu, jusqu'à ce que Vincent rentre. « C'est vous qui préparez à manger ce soir. » Les enfants obtempèrent, ils aiment cuisiner, d'autant qu'ils ne lavent ni ne rangent rien après, exonérés pour participation exceptionnelle, estiment-ils.

Lucie cherche dans sa bibliothèque les références qu'elle s'était promis de trouver. Bergson, Husserl. Mina lui lance :

« Elle arrive à quelle heure, mamie ?

— Entre dix-neuf heures trente et vingt heures, si elle vient.

— Donc, elle ne vient pas », conclut Mina qui doit avoir l'heure sous les yeux.

Lucie hausse les épaules, une pointe la traverse, toujours la même, *un accidenté de la route ? Une chute du deuxième étage ? Un infarctus* ? L'urgence du dehors, l'urgence qui fait qu'on ne rentre pas. « Ce n'est pas grave », dit-elle. Le volume de Husserl est devant ses yeux. Elle le sort de la bibliothèque. Les *Leçons pour une phénoménologie de la conscience intime du temps*. Elle l'ouvre. Il est intégralement souligné, elle y a même inscrit des commentaires au crayon de papier. Lucie s'assoit, inquiète. Elle tourne les pages, lit les annotations, les points d'interrogation ici ou là, les références à d'autres textes, aucun souvenir. Elle cherche, frénétiquement, un indice, une marque, un lien. Une association. Un fil. Une ressemblance. Quelque chose. Mais rien.

Rien ne remonte à la surface, et pourtant elle n'est pas si âgée, ses études ne remontent pas à si longtemps. À qui demander ? Est-ce que Husserl se dit en langage des signes ?

Vincent arrive alors, elle ne l'a pas entendu, il l'observe du pas de la porte, les sourcils froncés. À son expression elle prend peur.

« Qu'est-ce qu'il y a ?

— Mais rien, chérie, c'est toi qui as l'air d'avoir un problème. »

Elle lui raconte alors ce qui vient de lui arriver : aucun souvenir d'un livre intégralement lu, annoté, trituré, corné. Aucun. Et pourtant elle doit le citer dans son dossier sur le temps. Comment est-ce possible ?

Vincent lui donne des explications rationnelles, scientifiques, et balaie cela d'un revers de main. « Ce n'est pas grave, ma chérie. Ne t'inquiète pas. » Il la prend pourtant dans ses bras et la serre. « Ta mère n'est pas venue finalement ? » Lui dire qu'elle ne se souvient pas lui avoir annoncé la possible venue de sa mère ? Lui parler d'Alzheimer, peut-être ? « J'ai peur. » Il la serre encore un peu plus contre lui, elle enfouit son visage contre son torse. « Tu as vécu des choses difficiles ces derniers temps, ce n'est pas rien, ce n'est pas indifférent. » Elle hausse les épaules. « Je ne le voyais plus depuis si longtemps, c'est pas ça, je te promets, c'est pas ça. » Vincent soupire. Il lui caresse le visage et l'embrasse. « C'est les enfants qui préparent à manger ce soir ? » Elle hoche la tête. « Alors viens, on va s'ouvrir une bonne bouteille, tu vas me raconter où tu en es du temps. »

Il lui parle comme à une enfant.

Le saint-émilion Château La Tour Figeac 2014 roule sur sa langue, descend dans la gorge. D'emblée elle se sent mieux, ses muscles s'apaisent, son cœur bat plus lentement, ou n'est-ce qu'une impression – *il m'empoisonne* –, une chaleur l'envahit – *c'est le moment, près de la cheminée condamnée, avec ceux que j'aime, ce pour quoi je vis, ce moment-là* –, elle se serre contre l'homme qui lui caresse les cheveux – *je vais mourir peut-être, à mon tour* –, il lui demande si elle arriverait à lui expliquer ce que la relativité a fait au temps – *je ne veux plus être heureuse* –, existe-t-il une réalité unique, un temps qui ne soit pas seulement relatif, un temps réel, le Temps ? – *le temps est volé sur un autre, je n'ai plus le droit d'être heureuse* –, et le présent ? là, tout de suite, nous deux, en train de boire un verre de vin, ce présent-là existe-t-il ? – *pourquoi ma mère n'est pas venue ?*

« Non, il n'existe pas, répond Lucie, nous ne partageons pas le même, c'est un abus de le penser, une bulle métaphorique, un micro-espace qui s'accorde selon notre perception, mais c'est qu'elle est erronée, comme lorsqu'on voit la Terre plate. Notre temps commun n'existe pas plus que la platitude de la Terre.

— Après tout est-ce grave ? demande Vincent, du moment que nous y croyons.

— Mais si nous n'y croyons plus ?

— Tu n'y crois plus, toi ? s'inquiète Vincent.

— Je crois que ça recommence », jette Lucie, qui n'avait pas prévu de dire ça, pas pensé non plus à ce que ça pouvait signifier, ces mots adressés à Vincent, qui les a très bien compris, lui qui sait exactement ce que ça veut dire.

Vincent soupire. Il prend la main de Lucie, lui embrasse le bout des doigts.

« Je vois, mais nous pouvons peut-être lutter contre ça ? Nous pouvons aussi décider qu'il n'y a pas de déterminisme ?

— Nous ? Qui nous ? » s'exclame avec violence Lucie, et c'est bien le signe que ça a commencé.

Dans la nuit, Lucie s'en veut. Ils ont dîné tous les quatre, seuls les enfants parlaient. Les pâtes au fromage – c'est le plat qu'ils ont préparé – ont été vite avalées, les enfants étaient joyeux, les parents ont fait bonne figure. Vincent se taisait. Elle aurait voulu qu'il parle, qu'il brise cette vitre qui était en train de s'installer entre eux, et derrière laquelle elle savait qu'elle pouvait s'enfermer longtemps, même s'il frappait des deux paumes en hurlant, en grattant de ses ongles, en donnant des coups de pied pour en faire exploser le verre. Elle regarderait, de loin, rêveuse, inatteignable ; elle n'entendrait pas, ne verrait pas, elle serait dans un monde différent, où le cœur est gelé, et où l'on aime lécher la glace, comme quand on est enfant lors des premières neiges. On en mange à pleine poignée, ça coule, c'est froid, ça rend malade, on lèche les stalactites, on s'approprie le froid, on devient soi-même un personnage de glace, on brille, mais il n'y a rien dedans qui ne fonde aussitôt pour s'évaporer. Elle se voit partir loin, et lui qui ne fait rien pour la rattraper. Mais s'il faisait quoi que ce soit, elle lui couperait le bras. Seuls les enfants la touchent encore, elle sourit à leurs blagues, elle éprouve quelque chose, elle a la preuve que son cœur bat. Elle est cruelle. Vincent est prêt à attendre, à pardonner, à comprendre. Et cela lui est insupportable. *Hey Lucinda, tonight I'm gonna stay home... Hey Lucinda, come out drinking with me tonight.* Mais Lucinda ne peut pas, ne veut pas. *I may be waiting for you. Hey Lucinda, our time is running out. Come out drinking with me tonight.* Mais Lucinda résiste. L'autre, le père de Mina, attendait que ça passe. Il préparait une tarte aux abricots et des choux à la crème, rien n'est plus difficile que de réussir des choux à la crème, il ne venait pas violer sa souffrance, son trésor, il les laissait tels quels, bien tranquilles, bien constitutifs. L'autre l'aidait à rester toujours à la même place. Mais Vincent ne l'entend pas ainsi. Il est l'ennemi du trésor.

Elle ne parvient pas à fermer les yeux. Dès que la jambe de Vincent la frôle, elle recule la sienne. Aucun contact n'est possible. Cet amour-là qui est un cadeau immérité, elle va le piétiner. Peut-être pour le mettre à l'épreuve, peut-être pour se rappeler à elle-même et aux autres qu'elle n'en est pas digne, qu'il y a erreur, peut-être parce qu'une force toujours active combat en elle la possibilité du bonheur. Ça la rassure. Que cette force ne l'ait pas abandonnée. Que cette force fidèle continue de veiller à ne pas laisser les autres vouloir la sauver, que cette force se rappelle à sa place, soit son souvenir à elle, le souvenir d'elle qui lui échappe.

Ça la rassure, comme de nourrir l'Érinnye pour l'apaiser, lui préparer des plats compliqués et les disposer avec art, comme le font les Japonais, sur des plats cassés puis réparés à la poudre d'or, soulignant les blessures de l'argile, l'art du kintsugi, les cicatrices mises à nu et embellies, qui rappellent qu'on a pu se disloquer, qu'on est toujours disloqué, qu'on le demeurera, mais qu'on continue à servir. À servir le plat compliqué, disposé à la japonaise, pour l'Érinnye en colère. Jamais rassasiée, car les plats japonais sont beaux, mais comme les bonsaïs, en modèle réduit. Et la déesse veut du beau, du bon, mais aussi qui remplisse, et on ne peut pas faire du beau, du bon qui remplisse, l'écœurement arrive. La déesse ne sait pas administrer le manque. Elle n'administre d'ailleurs rien du tout. Elle attend, la bave aux lèvres, qu'on piétine le bonheur pour la nourrir, elle, sans que jamais cette nourriture, belle et bonne, puisse l'apaiser. Cette force-là gronde en elle, petit ruisseau qu'elle ne cesse d'entendre, même faible, même lointain, qui grossit dès la fonte des glaces, et peut devenir torrent. Alors il n'y a plus rien à faire qu'à laisser se déverser les eaux sales, boueuses, mélangées à l'essence. Elle sent le flux grossir en elle, elle sent que le danger rôde. Les bras de son mari l'ont toujours rassurée. Mais quand le fleuve déborde, il détruit tout. Vincent est tenace et ses bras sont forts. L'eau combat le barrage, elle vient de si loin dans les montagnes reculées, oubliées, on ne peut pas trouver la source. Cette énergie bouillonnante qui la laisse exsangue.

Est-ce la force qui se réveille ? Faut-il préparer des plats compliqués et les dresser dans des assiettes recollées ?

Héloïse

Elle doit retourner là-bas. Dans la cabane. Ses mains s'agitent, des phrases se forment au bout de ses doigts, des mots de réconfort, des mots d'espoir. Puis les doigts se lient les uns avec les autres et dansent ensemble, dans un corps-à-corps amoureux, ils se font mal à force de se serrer, ils forment des nœuds et des entrelacs. Les doigts, les mains, les signes, leur langue.

Elle n'a pas revu les enfants d'Héloïse depuis la mort de leur mère. Ni son mari. Ils sont partis en Amérique. Ça la fait sourire, partir en Amérique, ce n'est pas un voyage, c'est un concept. Au moins sont-ils loin, inaccessibles. Avec eux, elle aurait pu utiliser le langage des signes, ils le pratiquaient – bien sûr, leur mère le leur avait appris très tôt, même si ça agaçait leur père. Elle devait lire sur les lèvres, ne plus se faire remarquer comme ça, avec ses grognements. Ça gênait tout le monde, lire sur les lèvres, c'était à la portée de n'importe quel sourd, non ? Mais pourquoi l'avait-il épousée ? Pourquoi avoir fait des enfants avec elle s'il avait honte ? Ou bien avait-il *fini* par avoir honte ? Parce que au début… au début il se prenait pour un héros. Sans doute s'aimait-il lui-même en croyant l'aimer, il était le bon Samaritain, celui qui avait épousé la sourde, l'étrange fille, belle, mais étrange, intelligente, mais étrange, drôle, mais étrange. Il avait eu ce courage-là, lui, l'homme de rien, l'homme de tous les jours, l'homme sans problème, l'homme petit. Il l'avait épousée et tout le monde l'avait félicité. Elle était heureuse de pouvoir fonder une famille, lui était reconnaissante. C'est un poison, la reconnaissance. Mais un poison qui passe. Elle avait eu deux enfants elle aussi.

Vincent se retourne, il cherche une position confortable, s'agite, elle croit qu'il va se réveiller, mais non, il s'apaise, se détend, n'a pas ouvert ses yeux. Elle se tourne sur le dos et fixe le plafond. Ne cherche pas à dormir.

Lucie et l'homme gentil qui aimait préparer des plats, Héloïse et l'homme petit se voyaient parfois en famille. Mais ce n'était pas pareil. Elles se tenaient, elles jouaient le rôle de femmes, de mères, d'adultes, elles faisaient semblant de préférer leur couple à leur enfance, alors que leurs mains les démangeaient, que le langage secret les appelait loin de ces cuisines parisiennes, vers des forêts et des marécages, des greniers où s'entassaient les poupées de plusieurs générations. Parfois, elles discutaient avec leurs mains de plus en plus vite, et plus personne ne pouvait les suivre, alors elles riaient, de ces fous rires irritants pour les autres, parce qu'ils protégeaient leurs secrets, enfermés dans des bulles parfaitement privées. Les enfants pouvaient parfois saisir des bribes, mais les hommes n'y comprenaient rien. Au début ça les agaçait. Après, ça les mettait mal à l'aise. En leur présence, elles ont cessé. Et se voyaient en dehors, dans les interstices de la vie de famille et de la vie professionnelle, quand elles pouvaient, quand elles n'en pouvaient plus. Parfois, lors de fêtes de famille, tout revenait d'un coup, comme si on venait de fermer la porte derrière soi, et qu'on la rouvrait d'un geste brusque pour voir si les choses avaient bougé, mais non, elles n'avaient pas bougé dans le placard des familles. Aucun placard d'aucune famille ne bouge, si ce n'est pour accueillir le drame.

Héloïse parfois l'appelait à l'aide, par texto, par Skype, par vidéo interposée. Un petit enchaînement de gestes silencieux, qu'elle regardait sur son portable – les gens ne comprenaient pas pourquoi Héloïse avait un téléphone, et comment elle pouvait s'en servir. C'était pourtant simple. Elle savait lire. Elle savait appuyer sur la touche vidéo. De plus en plus souvent, Héloïse envoyait des messages d'un mot, d'une phrase, que seule Lucie pouvait comprendre. La conversation silencieuse reprenait. Malgré les pauses, elle ne s'interrompait pas.

Ça recommence. Je crois que ça recommence.

De qui était-ce les mots ? Se les seraient-elles passés comme des microbes résistants ? Sont-elles la même personne ? L'une qui parle, l'autre qui se tait ? L'une qui porte la voix, l'autre qui fait danser ses mains ? L'une qui appelle à l'aide mais refuse l'aide, l'autre qui refuse l'aide et appelle à l'aide, et elles deux ensemble qui s'enfoncent et qui rient, de ce fou rire que personne ne peut interpréter ? Sont-elles une même personne avec des mains et une bouche, les deux s'exprimant à la fois, les deux refusant, se terrant, se cachant, se sauvant, une bouche et des mains, laquelle des deux a été violentée ?

Les deux ensemble ? Une seule et même personne. La bouche et les mains. Les mains qui envoient le signal à Louis, Louis qui court, et va chercher les adultes. Louis qui les sauve. Mais qu'ont-elles vécu pendant ce temps ? Un jeu ? Le temps où Louis va chercher les adultes, le temps pour les adultes de suivre Louis sur le chemin du retour, et de les découvrir attachées dans la cabane ? Que s'est-il passé ? « Rien », ont conclu les adultes, espérant recouvrir d'un mot ce qui ne devait plus jamais être évoqué. « Rien », ont-elles accepté, ou seulement un jeu, on ne se formalise pas pour un jeu, elles l'ont bien cherché après tout.

Ne reste que la peur. Mais on est des grandes filles n'est-ce pas ? On est courageuses, on tient, on se tient, on a eu peur, un jeu, on a eu peur, mais c'est fini. Lucie s'abîme dans le trou, elle tombe, elle suit le lapin et elle tombe, *dévorée de curiosité, elle traverse le champ en courant à sa poursuite, et a la chance d'arriver juste à temps pour le voir s'enfoncer comme une flèche dans un large terrier placé sous la haie. Un instant plus tard, elle y pénètre à son tour, sans se demander une seule fois comment diable elle pourrait bien en sortir. Le terrier est d'abord creusé horizontalement comme un tunnel, puis il présente une pente si brusque et si raide qu'elle n'a même pas le temps de songer à s'arrêter avant de se sentir tomber dans un puits apparemment très profond. Soit que le puits est très profond, soit qu'elle tombe très lentement, elle s'aperçoit qu'elle a le temps, tout en descendant, de regarder autour d'elle et de se demander ce qui va se passer*[1].

---

1. Lewis Carroll, *Les Aventures d'Alice au pays des merveilles.*

Oh la marmelade d'oranges. Oh la marmelade d'oranges de sa grand-mère, qu'elles terminent, cachées dans le grenier, au milieu des poupées de plusieurs générations de la famille.

Ça recommence, je sens que ça recommence, il faut se laisser porter et tomber plus bas encore, là où Héloïse l'attend. Plus bas, sous la cabane, où plus aucune lumière ne filtre, et la voix de l'homme des forêts, et sa voix doucereuse qui prononce des mots importants, des mots compliqués, il est plus âgé qu'elles. Il prononce des mots de médecin, avec une origine grecque, comme leurs parents, des *h* et des *ions*, des mots chargés de souffles et de halètements. Lucie se redresse dans son lit, elle est trempée de sueur sur le ventre, les cuisses, il faut dégager le drap, secouer la couette, attendre que ça s'évapore. Elle va marcher dans la chambre, pieds nus, pour que cessent les images et que sèche la transpiration, une rosée sur son corps jamais éclos, son corps de petite fille alors qu'elle a quarante-deux ans. Elle s'empare d'une serviette-éponge et se frotte, tout à fait réveillée maintenant, en colère. Si elle ne parvient plus à s'endormir, au moins sera-t-elle sortie du trou. Elle entre dans le salon et se saisit du volume de Husserl, avec le vague espoir de n'y voir aucune ligne soulignée. Mais ils sont bien là, les traits, les notes, les commentaires, les pages cornées et les points d'interrogation. Ils attendaient depuis vingt ans, présents, toujours présents, hors du temps. De la mémoire aussi. Comme son corps, là et pas là. Comme la cabane, présente et englobante, puis évanescente, comme Héloïse, morte et vivante, vibrante et absente, sonore et silencieuse.

Bien malgré elle

Le matin, Vincent a du mal à la réveiller. Il doit partir plus tôt que leur fils, il faut préparer le petit déjeuner d'Augustin. Il y a un certain nombre de raisons pour se lever, boucler le dossier sur le temps par exemple. Lucie a les yeux gonflés, elle était en plein rêve, un rêve marin, lointain, pas trop désagréable. La voix des enfants l'éveille tout à fait, elle trébuche, se rattrape, et entre dans la cuisine où les trois la regardent, elle a l'impression d'avoir déjà vécu cette scène. Est-elle un fantôme ? Quand Augustin lui apprend qu'il n'y a plus de Nutella, tout rentre dans l'ordre. Les fantômes n'existent pas.

Quelqu'un la tire par-derrière tout au long du trajet en métro. Quelqu'un l'empêche d'avancer, le poids est de plus en plus lourd, l'ascenseur vitré lui-même ne répond pas. À peine assise, elle reçoit un texto de Vincent : « Je t'aime, et tu n'y pourras rien. » Elle observe les mots, longtemps, pour s'en imprégner, peut-être Moïse avait-il fait de même avec les tables de la Loi. Ne plus douter. Croire aux mots, qui ne sont ni savants, ni grecs, ni haletants, des mots écrits, des mots définitifs puisque est employé le futur. S'appuyer dessus, pour contrer la force qui la retient.

Son dossier avance. Elle a emporté le tome de Husserl, ça ne sert pas à grand-chose, mais elle voulait en avoir le cœur net, au grand jour, dans le bureau éclairé par un soleil d'hiver. Et que les souvenirs reviennent. Mais ils restent gelés. Pourtant, elle n'a aucun mal à comprendre ce qu'écrit le philosophe, comme si ces mots avaient été déjà lus et assimilés dans une vie antérieure, alors qu'ils sont âpres, difficiles, douloureux. Elle doit s'attaquer au présent. Mais le présent n'existe pas pour la physique. Pour autant, doit-on faire l'impasse ? Il faudrait pouvoir opposer un point de vue phénoménologique, une expérience vivante à tout ce qu'assènent la science et sa prétendue objectivité. Confronter ces deux réalités inconciliables, irréductibles et pourtant irréfutables. Pourquoi sa perception serait-elle fausse ? Pourquoi devrait-elle toujours se tromper ? Pourquoi les autres sauraient-ils toujours mieux qu'elle ce qu'elle a vu, entendu et senti ?

Un autre texto arrive : « Je me suis libéré pour déjeuner. On se retrouve au Mantra ? » Vincent, encore. Lucie voudrait résister, elle n'aura pas faim, elle ne voudra pas parler, elle ne voudra pas sortir, elle préférera travailler. Mais elle concède un « D'accord » de mauvaise grâce. En attendant, elle observe les photos de la tour du XIIIe sur son portable. Gris, jaune, blanc, et toutes les nuances entre. La tour qu'on voit, qu'on ne voit pas, qu'on devine. Ses journées au travail. Juste au-dessus de son ordinateur. Ses journées peintes devant elle, il lui suffirait de lever les yeux pour voir quelle couleur revêt la tour ce matin. Mais elle les a rivés sur son écran et fait défiler les photos de ce qu'elle pourrait voir si seulement elle voulait bien lever les yeux. Ce n'est pas si difficile de regarder les choses en face. Peut-être va-t-elle renvoyer un texto pour annuler. Peut-être est-elle trop fatiguée. La tour est toujours la même, et pourtant jamais tout à fait pareille. La quitter peut la mettre en danger. Elle a besoin de sa balise, de son phare, invisible dans le brouillard, mais qu'elle sait là, toujours là, la preuve : les photos. Elle aime ce qui est immuable. Elle aime que ce qui ne bouge pas l'attende quelque part. Elle a quand même besoin de photos pour s'assurer que ce qui ne bouge pas ne bouge pas.

Il est assis au fond du café, leur café. En le voyant, elle éprouve une bouffée de joie, *Je l'aime je l'aime je l'aime*, puis elle se reprend, elle n'a pas faim, ne veut pas parler, n'avait pas envie de sortir, aurait préféré travailler. L'amour n'a rien à voir là-dedans.

« Pourquoi ta mère n'est pas venue hier soir ? Est-ce qu'on peut essayer de parler ?

— Hum.

— Tu vas arriver à dire autre chose ? »

Retenir les larmes, se contenir, ne rien montrer, montrer c'est donner, et donner, c'est toujours trop donner. Elle ne lui donnera pas ça. Rétention. *Grosse égoïste !* Il faut qu'un son sorte de sa bouche. Immédiatement. Sans quoi c'en sera fini. Il n'en sortira plus jamais.

« Je sais pas.

— Tu ne sais pas quoi ? »

Elle remue la tête, ne sait plus ce qu'elle ne sait pas ; la phrase marche quand même. Elle est perdue. « Je ne supporte plus les écologistes. » Vincent l'observe, puis sourit. « Ça, je sais, tu ne supportes pas grand monde en ce moment. Et je ne vais pas te dire, les écologistes, c'est l'avenir de notre planète, je suppose que tu n'as pas envie d'entendre ça ? » Elle aussi sourit, ça lui vient comme un réflexe et malgré elle, elle voudrait refréner ce mouvement des lèvres, elle lui en veut. « Je ne supporte plus mes enfants ! »

Vincent recule, horrifié. Lucie a mis une main devant sa bouche. Ils se regardent, ennemis. Puis elle se lève et sort, elle court jusqu'à son bureau : il faut boucler le dossier sur le temps, rien n'est plus urgent, boucler le temps une bonne fois pour toutes.

Deuxième partie

La chute

Il faut qu'elle respire. Mais comment fait-on ? Elle voudrait disparaître d'un coup, et tout serait réglé. Vivre cette autre vie à Bordeaux, à Marseille, ou dans les Alpes, oui, tiens, dans les Alpes, ce serait bien. Elle court. Loin de la Dordogne et de son méandre qui coule devant la maison de sa grand-mère, loin des algues vertes qui obstruent le courant, et qui vous recouvrent le visage quand vous sortez de l'eau, que vous jetez sur les autres pour leur faire peur, loin du canoë qu'ils font glisser le long de la berge, et dans lequel il est difficile de tenir à trois, à moins d'avoir beaucoup d'équilibre, le troisième fait toujours tomber les deux autres, il faut s'éloigner du bord le plus vite possible avant qu'il n'arrive et les fasse chavirer, loin de l'autre rive, loin de la cabane… Elle court. Mais les Alpes, ce n'est pas assez loin. Ou bien y revenir, là où tout a commencé, là où l'enfance a été possible, puis la vie confisquée. Où l'on faisait des confitures dans les grandes bassines en cuivre, était-ce du cuivre, ce roux, poli, récuré, les grandes bassines où fondaient les fruits, groseilles du potager, ou framboises sauvages, dans des bulles où éclatait le sucre. Elle court.

Et les brioches au beurre dans le four, et les maillots qui sèchent sur le muret de pierre, tandis qu'ils jouent dans le grenier, avec les poupées de leur arrière-grand-mère. Loin de la ville. Loin des parents. Elle court. Avec leur grand-mère, et parfois une dame de compagnie qui aidait leur grand-mère à faire la cuisine et à nettoyer les salles de bains. Elle court. Peut-être revenir à la source et retrouver ce goût de vivre sucré, fruité, cet appétit pour le minuscule et l'immense, ce monde à eux, silencieux, où ils communiquaient par les mains et dressaient des fourmis, emprisonnaient des mouches, enterraient des mulots morts ; le minuscule et l'immense, le ciel quand on est allongé sur le dos, en se tenant la main, essoufflé et trempé, après avoir traversé le fleuve à la nage, le repos sur le champ d'herbe moite, chaude, encore verte, c'est si pluvieux là-bas. Elle court. Peut-être récupérer tout ce qui est récupérable, souvenir après souvenir, joies minuscules et immenses, et ce silence mystérieux que les autres n'entendaient pas, obnubilés par les bruits de la vie, la machine à laver, l'horloge, les chaises qui crissent en frottant les tomettes. Peut-être remonter à la source, et s'y noyer, plonger dans la Dordogne et se laisser couler. Comme coulent maintenant ses larmes. Elle court.

La cabane près de la source ? Pourquoi la cabane maintenant ? Pourquoi réapparaît-elle dans ses rêves ? Pourquoi s'invite-t-elle à table, entre Vincent et elle ? À son bureau, au cœur de la *relativité*, entre Myriam et les délais imprescriptibles ? Héloïse est morte, personne n'a évoqué ce *détail*. Mais la courbure du temps a-t-elle atteint le point d'où l'on peut voir l'arc de cercle en entier ? Le point de bascule ? L'odeur de boue serait le signal. Elle attend le signal depuis si longtemps. Elle se sent prête. Le signal résonne. Depuis des siècles déjà. Comment Orphée a-t-il su qu'il fallait y aller ? Quel était le signal ? Mais l'enfer est toujours une tentation…

Peut-être faut-il commencer par la mémoire ? Creuser et retrouver le point d'où l'eau jaillit ? La source près de la cabane.

La mémoire n'a rien à voir avec le temps.

La durée peut être convenablement définie pour un ensemble statique de particules, il n'en va pas de même pour les particules prises individuellement.

Les prothèses mathématiques remplacent notre intuition défaillante.

Comment doit-on se représenter le mouvement d'un corpuscule si l'existence du quantum d'action lui interdit ontologiquement de posséder simultanément une position et une vitesse parfaitement déterminées[1] *?*

Il faut apprendre à traduire, se dit Lucie, voilà, c'est le nœud : la traduction, du silence au bruit, du geste au mot. Mais de la boue à quoi ? Et que dire du temps qui n'existe plus ? Bien sûr que je les aime, je les aime plus que tout, je n'aime rien d'autre que mes enfants ! Traduire. Les mains ne font pas de lapsus, ne racontent pas n'importe quoi, on les attache derrière le dos, et motus ! plus rien ne sort.

---

1. Jean Reigner, « Réflexions sur l'espace et le temps, en physique classique et quantique », *Annales de la Fondation Louis de Broglie*, vol. 29, hors-série 1, 2004.

Vomis, coliques, hémorragie, tout s'écoule. Rattraper, ravaler, remettre à l'intérieur. Et le temps qui file entre les doigts ! Et le dossier à rendre… Comment dire le temps de la physique quantique avec les mains ? La traduction, voilà le nœud. Du silence au mot. De l'inexistence à la preuve. De l'impossible au concevable. De l'incompréhensible au compréhensible. De l'intuition défaillante aux prothèses mathématiques. Trahison. Traduction du cri.

Peut-être mettre ses écouteurs et se concentrer. Trouver le *Winterreise* de Schubert et le programmer en boucle, comme avant. *Oublier le déjeuner.* Comme quand elle était enfant. Il fallait les meubler les pièces vides. Les seuls disques que ses parents possédaient étaient de la musique classique. Sa grand-mère les leur avait offerts, au fil du temps. Schubert, ce devait être pour leur mariage. C'était bien la seule mélomane de la famille, sa grand-mère : petite, elle avait appris le piano. Elle répétait ses gammes sur le Pleyel désaccordé. Personne n'avait songé à faire venir un accordeur. En connaissait-on seulement un ? En général il était aveugle. On ne connaissait pas d'aveugles dans la bourgeoisie bordelaise. Le piano était un accessoire de décoration dans la grande maison de Dordogne, sur les rives du fleuve, où sa grand-mère avait grandi et passé ses vacances, puis sa mère, puis Héloïse et Lucie. Elles demandaient un titre. Grand-mère s'exécutait, heureuse comme une petite fille, libérée, avec comme auditoire des spectatrices acquises, et qui en redemandaient. Mais c'était pour rire bien sûr. Héloïse n'entendait rien. Héloïse était née sourde. Pas muette, mais sourde. On ne connaissait pas d'aveugles dans la bourgeoisie bordelaise, désormais, on connaîtrait des sourds. Et les sons qui sortaient de sa gorge ressemblaient à des borborygmes qui parfois imitaient les mots. Héloïse n'entendait rien. Mais elle observait les mains de sa grand-mère arthritique s'envoler sur les notes, les mains qui disent la jeunesse, l'éternelle jeunesse : celle qu'on n'a jamais vécue.

Comme le temps, la jeunesse n'existe pas ; c'est un abus de langage. La jeunesse est l'âge éternel, il n'y en a pas d'autres, les autres sont faits pour la recouvrir et la faire oublier, mais ce sont des illusions. Le voile de Maya.

L'intégrale de Schubert. Ni livre ni télévision. Mais Schubert, et des dictionnaires de médecine. Il fallait bien les meubler ces pièces vides chez ses parents. Elles n'étaient pas si nombreuses. Elle mettait alors le CD de Schubert à haut volume, pour couvrir les bruits du radiateur, du voisin, de la rue, des pleurs et des cris de ceux qui se faisaient tuer, découper en morceaux, et parfois dévorer. Elle mettait Schubert sur la chaîne qui permettait encore d'écouter des cassettes – sauf que Schubert, c'était un CD, sa grand-mère avait récupéré toutes les cassettes pour les transformer en CD –, le son devait être pur, disait sa grand-mère, et même Héloïse le comprenait, ça, elle l'avait vu sur les mains déformées de sa grand-mère, elles avaient leur manière de s'envoler, une manière pure, justement. Héloïse s'était mise à jouer au piano, imitant les rythmes qu'elle avait observés avec ses yeux qui faisaient office de tous les autres sens. Le son qu'elle parvenait à fabriquer était si étrange, si bien à elle, la musique de Schubert, mais interprétée par une sourde, un son doux, délicieux, toxique à force d'être délicieux. Et sa grand-mère et Lucie pouvaient l'écouter des heures, se tenant les mains, certaines arthritiques, d'autres si jeunes, le sang circulait comme dans un seul corps, les échauffant toutes deux, dans cette émotion sans pareille, dont aucune n'aurait su rendre compte, n'aurait voulu rendre compte. C'était à elles. À elles trois. Et c'est tout.

Ni livre ni télévision. Mais Schubert. Et meubler les pièces vides, le son du CD s'en chargeait, de la cuisine à la salle de bains. Des voisins parfois tapaient des pieds, elle baissait alors le volume, et rapprochait son oreille de la chaîne, s'enfermait avec la chaîne, s'endormait avec elle, dans un dialogue secret, qu'aucun observateur n'aurait pu saisir. Dans ce dialogue s'invitaient toutes les mains, celles de sa grand-mère, celles si jeunes et habiles, destinées à la parole par le geste de sa cousine Héloïse ; elle fermait les yeux et pouvait s'endormir, les âmes errantes et pourtant bien vivantes l'entouraient. Sa grand-mère n'était pas morte, Héloïse non plus. Ses parents n'étaient pas là, mais elle avait d'autres alliés.

Elle met Schubert sur son iPhone, des écouteurs sur ses oreilles, et monte le volume pour s'isoler avec *Winterreise*, elle sera protégée. Il faut être protégé pour faire de la science, ou seulement la rendre accessible.

Laisse les morts enterrer leurs morts. Il faut choisir – le royaume des morts ou celui des vivants. Certains appellent, récriminent, se plaignent d'être abandonnés, il faut les piétiner. Mais parfois, ce sont les vivants qui descendent aux Enfers, suivant les pas d'Ulysse guidé par Circé. Il faut d'abord traverser le royaume des Cimmériens, cette nuit permanente, pour rejoindre l'Hadès, d'où l'espérance a été bannie. Et dans l'Hadès, il n'y a pas de lumière, mais il n'y a pas non plus de souvenir. L'enfer, est-ce un lieu sans souvenir ? Dans ce cas, qu'est-ce qui le distinguerait du présent qu'elle habite ? Pourtant, elle sait que le souvenir peut être plus cruel que son absence. Même Achille préférerait renoncer à la gloire pour redevenir vivant, « N'essaie pas de me consoler de la mort, illustre Ulysse ! J'aimerais mieux vivre et servir un pauvre paysan pouvant à peine se nourrir que régner sur tous les morts qui ne sont plus[1] ». C'est qu'Achille n'a aucune idée de l'état de la paysannerie contemporaine dans les pays postindustriels. On s'y suicide à tour de bras. La preuve qu'on peut préférer le royaume des Enfers. Mais cela demeure contestable : comment savoir que l'Hadès est préférable à l'enfer sur terre ? Comment choisir de le rejoindre alors qu'on n'a aucune preuve qu'il y fasse meilleur, et Homère a raison quand il suggère qu'on y séjourne peut-être avec des caisses de souvenirs, sans pouvoir échapper aux remords éternels, pas plus que le foie de Prométhée ne peut échapper, chaque jour, au bec de l'aigle du Caucase – la faucheuse sur la carte de tarot, le foie émietté.

Ulysse convoque plusieurs morts, dont sa mère. Mais il prend soin d'empêcher, avec son épée, les têtes sans force de boire le sang des bêtes de la fosse, offertes en sacrifice. Il sait différencier le royaume des morts et celui des vivants. Ce n'est qu'un voyageur. Ulysse passe sa vie à voyager. Tout ça pour revenir au point de départ.

Lucie n'aurait pas la force de repousser les têtes. Elle les accueille au contraire avec joie. Elles portent toute son enfance à elle.

---

1. Homère, *L'Odyssée*.

Que mettre comme iconographie pour illustrer le temps ? Le graphiste n'a encore rien proposé. Il attend ses indications. Et elle n'en donne pas, happée par les souterrains homériques qui tous ont été transformés en parkings ou en galeries marchandes. Elle reçoit un texto de Vincent qui l'assure qu'il l'aime. Ça lui fait mal. Car elle voit bien que cet amour sera peut-être impuissant à la retenir sur le bord.

Ça commence à s'affaisser. Oh ! ça a commencé depuis si longtemps. Combien de temps ? Depuis quand le temps s'accélère-t-il pour rejoindre l'origine ? Ses doigts tremblent, le pouce surtout, dont l'os saute tout seul, indépendant de la main, la main qui parle, la main qui parle sans se faire entendre des autres. Mais la main est aujourd'hui solitaire, et le pouce saute, désolidarisé, il poursuit son propre dialogue intérieur, et personne pour l'écouter, pas même elle qui tente de le maîtriser, lui enjoint de suivre le rythme des autres doigts sur les touches, ça doit avancer, le travail doit avancer, il faut rendre le dossier sur le temps, c'est épuisant de parler avec des mains folles qui ne vous écoutent pas. Les seuls mots autorisés ici sont les mots techniques, les mots justes, sans ambivalence et sans homonymes, les mots de la science qui sont déjà une forme d'approximation, mais qui cherchent à dire une réalité unique – hypothétique, mais unique. À la fenêtre un oiseau s'est posé. Lucie est pétrifiée : elle voudrait le prendre dans sa main, mais si elle ouvre la fenêtre il s'envolera. Accepter de l'observer, sans rien faire, sans vouloir le posséder, sans lui montrer qu'elle existe et qu'elle est digne de l'aimer.

Accepter l'impuissance, et le rôle de simple spectateur, ne pas posséder, renoncer à posséder. Renoncer à être reconnue, même comme spectateur. L'oiseau ne saura jamais que Lucie le regarde et voudrait le caresser, lui donner à manger les miettes d'un pain au chocolat qui traîne sur le bureau de Myriam. Il ne saura jamais qu'ils auraient pu avoir une histoire commune, s'il se laissait gentiment emprisonner par la main. La main qui parle, qui prend, qui caresse, qui ferme à clé. Il semble pourtant la regarder de derrière la fenêtre. C'est une mouette. Pas un pigeon dégueulasse. Une mouette qui hurle comme un bébé et qui apporte toujours avec elle une odeur de tragédie. Une mouette qui exprime les embruns, les vagues assassines et les bateaux brisés, une mouette poussée par la tempête jusqu'au cœur de la ville, et qui crie, et qui pioche à la fin des marchés les poissons pourris jetés par les apprentis poissonniers, et tous les déchets qui jonchent les trottoirs avant que les gars de la ville, les hommes de la propreté, viennent nettoyer les traces des légumes éventrés, des purées de fruits piétinés par les roues des Caddies et les pieds citadins, mais il reste l'odeur, l'odeur survit toujours aux excréments. L'odeur de boue et d'essence mêlées. Lucie ferme les yeux, le quart de seconde pour que la mouette s'enfuie de ses grandes ailes encombrantes et musclées, aussi grises que le ciel.

Elle pense à son fils, Augustin, qui l'appelle pour savoir quand elle rentre, puis qui la congédie dès qu'elle est là, ou s'en tient à lui demander ce qu'ils vont manger. Et maintenant cette vision la rassure. Elle l'avait ébranlée l'autre jour. Augustin n'a plus besoin d'elle. C'est peut-être une douleur, c'est assurément une douleur. Mais c'est un soulagement. Immense. A-t-elle vraiment prononcé ces mots : « Je ne supporte plus mes enfants » ? Était-ce bien elle ?

Ses enfants qui grandissent et jouent aux jeux vidéo comme les autres, qui ont des notes et des bulletins en fin de trimestre, qui oublient de se laver ou prennent des douches brûlantes de deux heures, râlent souvent, mais parfois se lovent contre elle, des enfants au casque vissé sur les oreilles et qui ne lisent jamais, cultivent des amitiés, s'offusquent, mangent et dorment puis mangent puis dorment, ces êtres-là sont fiables, n'est-ce pas ? *Ils n'ont pas besoin d'elle*. Ils sont des êtres humains conformes, qui parviendront à vivre, assurément. Elle doit pouvoir les imaginer loin d'elle, sans demander quand elle rentre, sans avoir besoin qu'elle fasse les courses, puis bouillir l'eau, sans attendre qu'elle demande si les devoirs sont terminés pour s'y mettre, sans entendre le signal de la nuit, extinction des feux et brossage de dents, pour transgresser cette pauvre loi. Indépendants, ils commencent à l'être, et si elle mourait à l'instant d'une crise cardiaque, là ce ne serait pas grave, non – ils n'ont plus besoin d'elle et c'est tant mieux, elle peut se jeter par la fenêtre, avec la mouette hurlante, ce ne sera pas si grave. Pas si grave. Mais si elle rentre, et que tout le monde est là, comme une famille normale, des gens qui s'attendent les uns les autres comme si rien n'était plus évident, comme si tenir ces êtres ensemble allait de soi, elle en connaît le prix, elle a déjà essayé avec d'autres, ça n'a jamais marché, si elle rentre et que sa famille l'accueille, comme la pièce manquante, ne sera-t-il pas pertinent de douter de la réalité ?

Les gens ne sont pas faits pour vivre ensemble, et soudain un miracle. Ils s'aiment absolument, alors le danger point, un nouveau : celui de perdre.

La vie est trop dangereuse, qu'on la rejette ou qu'on l'accepte, dans les deux cas, il y a danger. Alors pourquoi, pourquoi ne pas suivre la mouette ?

Son anniversaire approche, ce cérémonial qui nie le temps et à la fois le consacre : cyclique et inexorable. Vieillir, mais répéter. Seront-ils encore vivants en juillet ? Pourront-ils se retrouver en Bretagne, comme tous les ans, comme si de rien n'était ? Son pouce saute tout seul, autonome – comme son fils. Ses membres se détachent d'elle, elle est en train de se désintégrer.

Il faut continuer. Les familles se déchirent et puis voilà. Les gens meurent d'un cancer, de plus en plus jeunes, ou bien écrasés par un bus. Il faut continuer et croire au miracle. Mina, allons à l'église allumer des cierges. Elle en a acheté des bougies, longues, jaunes, ou petites, dans des moules en plastique, elle a donné des gages, au cas où. Elle a également punaisé des poupées vaudoues, mais sans être sûre, avec une certaine maladresse, peut-être est-ce cela ? Non, l'intention y était, l'intention est importante. Personne ne peut vérifier l'intention. Des punaises au lieu des aiguilles, ça ne doit pas marcher. D'ailleurs, qui vérifie que ça marche ? Car ce qu'on demande, ce qu'on exige des puissances d'au-delà, ce sont des fantasmes éphémères. Les choses, lorsqu'elles adviennent, on oublie qu'elles étaient si précieuses. Rien ne demeure précieux. On se lasse de tout. Pas de l'amour ? Pas de ses enfants ? Mina, Augustin. Ce ne sont pas eux qu'elle n'aime plus, ni même Vincent. C'est elle qu'il faut remplacer. Pourtant elle se laisse à rêver qu'ils deviennent autonomes. Leur faire confiance. Et dormir, enfin.

C'est bientôt l'heure de la conférence de rédaction, elle n'a pas fini le dossier sur le temps, et déjà, il faut songer à un nouveau sujet. Le temps sera remplacé par autre chose, oublié comme tous les numéros des magazines et revues, jeté au feu pour ceux qui ont encore une cheminée et transgressent l'interdiction, à Paris, en la faisant fonctionner. Les feux polluent. Mais les feux tuent aussi. Partout elle sent l'odeur des bûchers. Le temps de la fin du monde. Le temps de la fin des temps. Alors, à quoi bon continuer ?

Une fois rentrée chez elle, elle se met au travail. Contretemps. Vincent et les enfants l'attendent pour dîner. Mais il faut qu'elle termine. Elle les rejoint et s'assoit dix minutes. Les observe les uns après les autres, pour vérifier. Quelque chose se défait. Une certaine densité de l'atmosphère ? Rien n'est plus lourd que l'air, il faut monter très haut en montagne pour échapper à la lourdeur de l'air. L'air les écrase. Elle n'a pas de temps pour ça, la scène du repas, les gestes suspendus. Vincent qui semble attendre. Elle retourne dans la chambre pour continuer d'écrire, un casque sur les oreilles, qui ne diffuse aucune musique : juste du silence.

Au petit déjeuner, la radio ne rapporte que des mauvaises nouvelles. Lucie voudrait l'éteindre mais Vincent l'arrête dans un mouvement d'humeur, ça l'intéresse. Les enfants prennent leur douche et s'habillent. Vincent est consterné, sa tête repose entre ses mains, il se frotte les tempes. Il est absorbé par les nouvelles qu'il entend, ou peut-être est-ce ce qu'il cherche à faire croire.

Lucie observe son mari : où est-elle à ce moment-là si elle n'existe plus pour lui ? S'il ne pense pas à elle, où est-elle ? Et s'il la hait ? S'il s'en détourne, s'il a mieux à faire qu'à la voir devenir folle ? Elle pourrait disparaître. Si le monde absorbe Vincent, alors elle pourrait disparaître. Le monde a absorbé tous les gens qu'elle aimait, l'infiniment grand semble plus attrayant que l'infiniment petit. Voilà un thème à proposer : l'infiniment petit. Et pourquoi est-il si négligeable dans la vie des gens ? En réalité, pour la physique, l'infiniment petit est un continent, il autorise une science contre-intuitive à s'édifier, il autorise l'impensable à être traduit en équation – quantum, ondes, et observateur ; le chat de Schrödinger fait partie de l'infiniment petit. L'infiniment petit demeure un infini. Non, ce qui n'intéresse pas, c'est ce qui échappe à l'infini quel qu'il soit : elle par exemple, et sa présence à table, à beurrer des tartines. Son présent ne sera jamais saisi par la science. Son présent ici et maintenant, et non un point sur des coordonnées. Rien d'objectivable, vraiment, sinon le regard de Vincent, mais où se perd-il ? Elle doit le réveiller de ce cauchemar, lui rappeler qu'elle est là, avec lui, même s'ils écoutent les nouvelles du monde, même si la veille elle s'est laissée aller. Parfois des mots sortent sans qu'on sache pourquoi. Il pourrait comprendre. Pardonner ?

« Vincent ?

— Toutes les conditions aujourd'hui sont réunies pour revenir au chaos…

— Quel chaos ?

— Celui que nos grands-parents ont connu. Il n'y a que la génération de nos parents qui n'aura pas vécu ça, qui n'aura pas su.

— Et ils croient qu'ils ont raison sur tout.

— La crise économique, la crise écologique ; à la tête des États les plus puissants, des fous, des guignols. »

Lucie prend sur elle, tâche de mener une discussion raisonnable qui les fasse entrer à nouveau dans leur ancienne sphère :

« Mais la raison, à la fin, elle l'emporte non ?

— Pas toujours. Quand on atteint le fond… On en a fait l'expérience non ?

— Pourquoi le réel semble donner raison à ceux qui font n'importe quoi ? Pourquoi il n'y a pas, à la fin, la sanction du réel ?

— Elle arrive, mais il faut du temps. Beaucoup de temps. Nous ne l'aurons peut-être pas. Je ne vois personne d'assez fort, d'assez puissant, d'assez charismatique, d'assez crédible pour s'opposer. Nous allons entrer dans l'ère de la tourmente. Plusieurs conditions rappellent celles de la crise de 1929, la montée des populismes, des fous au pouvoir, les peuples qui les suivent aveuglément, l'impuissance ou l'absence des intellectuels. Mais là : pas de contre-pouvoir. Les opposants ont un retentissement dans l'opinion, mais ils n'ont aucun moyen d'accéder au pouvoir. Toutes les conditions sont réunies pour une troisième guerre. »

Un cri de bête féroce déchire le monologue de Vincent. Les enfants accourent dans la cuisine, et s'arrêtent net au seuil, devant leur mère en larmes qui hoquette : « Mais nos enfants, tu vas les protéger nos enfants ? » Vincent l'observe, paniqué. Il pose une main sur sa main, qui tremble. Se lève et éteint la radio. Après un moment de silence, aussi bien à son intention qu'à celle des enfants figés au seuil : « Bien sûr que je vous protégerai. » Puis il enchaîne, du ton le plus badin qu'il parvient à prendre :

« Que veux-tu faire pour ton anniversaire ?

— Rien.

— Et un cadeau, tu as besoin de quelque chose ?

— Je te laisse choisir. Je veux quelque chose d'inutile. »

Avant de le quitter elle le regarde comme pour le voir en entier, avec objectivité : vision scientifique qui permet calculs et prévisibilités, moyens de l'action. Un étranger, un homme en entier, sans confusion avec elle, sans que leur relation, leur amour qui efface les frontières entre eux ne puisse entrer en jeu : essayer de le voir comme lorsqu'elle l'a rencontré, quelqu'un qu'elle ne connaît pas intimement. Pas comme celui dont elle ne sait plus parfois si c'est lui ou elle, dont elle ne voit que des parties, des bouts, les doigts, les lèvres, les oreilles, le haut de la joue, les muscles du dos, une caresse, un baiser, le torse, les pieds, le sexe, jamais en entier, son corps démembré est une continuation du sien. Prendre du recul pour le voir comme une forme détachée de son paysage, avec des contours, des limites, qui en font un homme intègre, intégralement un homme, sans elle, sans elle qui le regarde. Mais l'observateur intervient toujours dans ce qu'il observe et pollue l'expérience. L'éloigner pour qu'il existe à nouveau, et pas seulement comme la peau qu'elle caresse qui la caresse, la peau caressée caressante. Lui redonner son statut. Il pourrait se perdre avec elle, se désagréger lui aussi si elle ne fait pas ce travail-là.

Au bureau, c'est la même chose que la veille, elle s'y apprête, et subit la répétition. Elle marche sur ses propres pas, observe la même tour, de la même fenêtre, presque à la même heure, sait à peu près ce que va lui demander ou lui dire Myriam, hésite quant à l'endroit où déjeuner, à moins de rester dans la tour, avec un plat commandé chez Frichti, ce qu'elle ne fait jamais, mais elle y songe depuis longtemps, connaît même le menu qu'elle a lu intégralement sur leur site. Comment échapper à soi-même ?

La joie quand Héloïse a commencé à pouvoir dormir chez elle, alors que les parents étaient absents. Ceux d'Héloïse étaient plus frileux à l'idée de laisser leur fille dormir sans la présence d'adultes. Ils ont mis du temps à y consentir. C'était pourtant sa cousine, sa mère la sœur de la mère d'Héloïse. On était plus attentif à certaines choses, sans en avoir l'air. On ne la laissait pas sortir comme ça, mais on mettait ça sur le dos de la jeunesse, du manque d'autonomie : seule, sans adultes ? Et s'il y a le moindre problème ? Elle ne peut pas appeler. Elle ne parle pas.

Il a fallu attendre leurs dix ans. Dix ans de nuits solitaires. Dix ans de vigilance, d'effort pour tenir droite la maison quand les craquements s'invitent, dix ans de nuits blanches et de familiarité avec des fantômes. Dix ans, et puis Héloïse, dans sa chambre, toutes les deux sous la couette, élevée comme une tente, elles y ont mis un piquet au centre. Une lampe torche tient debout. Elles peuvent bavarder jusqu'à n'en plus pouvoir, et s'endormir. L'une ou l'autre éteint la lampe torche, la dernière à fermer les yeux. Souvent, elles s'endorment avant. Au matin, la lampe a épuisé ses batteries.

Elles se préparent un repas, bavardes toujours, agitées, chorégraphiées, Lucie allume le gaz, met en route le feu, fait bouillir de l'eau, y jette des pâtes, coupe du fromage, lave des légumes, les émince ; à sept ans, huit, neuf, dix ans, elle sait faire tout ça. C'est normal, c'est son quotidien.

La joie d'avoir Héloïse à ses côtés, et de parler silencieusement dans leur langage secret. Elle, trilingue à cinq ans, la troisième langue étant la leur. À quoi sert une langue qu'une seule personne parle ?

Ses mains sont un peu mortes. Elle a perdu deux langues. Lui reste celle des autres. Et la langue mathématique, qui permet de passer de mv à mv^2, de Descartes à Leibniz, puis à une nouvelle formule de la masse, Lorentz, la relativité.

L'Univers est écrit en langage mathématique, dit Galilée, voyait-il des équations à la place des astres ? Et lorsqu'il regardait par la fenêtre les vallons cultivés de la campagne florentine, et la tour penchée de Pise, y observait-il les sinus et cosinus plutôt que les ifs et la pierre blanche, noire, rose, l'architecture austère et pourtant munificente de la puissance ?

Les mathématiques ne se traduisent pas en gestes, mais elles sont univoques. Héloïse en a fait son métier. L'Univers est silencieux et peut être dit en langage mathématique, mais il y a le reste. L'enfance est un reste.

Les restes se jettent. Mais où ?

Où sont les décharges ? Boue et flaques d'essence où s'abîme la botte, quand on a pris ses précautions. Où sont les décharges ?

« Ablation du-passé-et-du-futur dans l'à venir ici même : le temps n'existe pas. Du réel reste, collé aux vitres de la voiture, battant aux vitres. [...] Le temps réel est ce temps dont l'épaisseur ne se mesure pas. La règle est de jouer en temps réel. Ou plutôt de ne pas jouer (abolition du jeu comme nouvelle règle du jeu). L'action a lieu en temps réel. Regarder devant soi. Inventer à mesure ce qui est à venir (ici même). Le présent à venir en vain devant soi mot à mot intraduisible[1]. »

Mais le langage mathématique laisse ça de côté. Il raconte l'Univers. Pas le sien, ni le leur.

Myriam passe derrière elle : « Tu en es où ? » Lucie murmure : « J'avance dans l'Univers. » Myriam lui demande si son papier convient.

Lucie ne l'a pas lu. Elle ne peut pas lui dire, opine, se replonge dans le plan qu'elle a commencé de construire : histoire du temps, encart sur la relativité, un point philosophique, Bergson et Husserl – celui-là même qui a été

1. Jean-Marie Gleize, *Le Principe de nudité intégrale. Manifestes*, Seuil, 1995.

annoté, trituré, commenté, taché vingt ans auparavant sans aucune trace dans la mémoire, seulement sur le papier, un papier témoin qui vaut garantie, une mémoire extérieure comme une prothèse. L'univers mathématique est maculé de traces. La bombe atomique a explosé et le compte à rebours a commencé. Compte à rebours : un langage mathématique. Elle lit le papier de Myriam, pour lui dire quelque chose. Il n'y a rien à changer, une ou deux coquilles, mais le travail est honnête, comme toujours avec Myriam. Elle fait exactement ce qu'on lui demande. Elle n'obéit pas (syndiquée, en colère, toujours prompte à la révolte), mais elle s'adapte (fière de son aptitude, l'aptitude de ceux qui obéissent, donc). Alors qu'elle, Lucie, qui ne se révolte de rien, ne s'adapte à rien non plus. Elle sourit. Malgré les mathématiques, le monde manque de logique, les mathématiques, ce langage qu'Héloïse maîtrisait à la perfection, servent à formaliser quelque chose d'illogique.

Héloïse pour qui elle passait les coups de téléphone avant l'invention du mail afin de prendre des rendez-vous. Les gens n'imaginent pas comment font les sourds pour prendre rendez-vous. Ou pour appeler à l'aide. Le 15, le 17, le 18, et quel que soit le numéro, celui qui ne parle pas peut bien les composer, parce que pour utiliser ses mains, il est doué. Le geste s'arrête là. Sans voix, il n'y a personne à l'autre bout du fil. Elles s'écrivaient, lorsqu'elles étaient loin l'une de l'autre. Elles dessinaient des personnages, parfois des caricatures, et se les renvoyaient augmentées, amendées, transformées. Les dessins finissaient par prendre des formes inconnues et dévoraient l'espace, jusqu'à ce qu'il n'y ait plus rien à colorier, plus aucune place pour une patte de mouche. Alors elles changeaient de feuille. Parfois, elles s'envoyaient des insectes écrasés, et soulignaient les contours, puis les transformaient en leur ajoutant des ailes ou en leur coupant la tête. Il y avait aussi des feuilles et des fleurs, un herbier en guise de correspondance. Les mots étaient plus rares. Qu'y avait-il à dire ?

Sinon quelques informations précises.

Les mots étaient pour la précision et les faits : une heure, un lieu, ou : « Maman m'a encore tuée. » La lettre inachevée, toujours entre elles deux, qui circulait. La lettre lien devenu un paquet de lettres. Elle les a toutes gardées, n'a pas retrouvé celles qu'avait Héloïse, brûlées peut-être, jetées par le mari ? perdues dans les déménagements ? Lorsque Héloïse a rencontré l'homme qu'elle allait épouser, elles ont cessé de s'écrire, sauf à de rares reprises. Le mail était arrivé. Mais on ne dessine pas des mandalas affolés sur l'écran. L'inachèvement disparaît, dévoré par le tout.

Elles étaient adultes. Est-ce qu'on dessine lorsqu'on est grand ?

Dans son journal elle note :

Je ne veux pas :
– Signer de pétition
– Haïr quelqu'un que tout le monde hait
– M'indigner à chaque fois qu'on me le demande
– Obéir aux émotions des autres
– Utiliser des expressions comme « improbable », « que du bonheur », « basé sur »

Quand Mina avait deux, trois mois peut-être, Héloïse lui avait demandé si elle n'avait pas peur de la faire tomber. Mais non, ça n'était pas venu à l'esprit de Lucie de pouvoir lâcher son enfant. Héloïse lui expliquait, terrifiée, que souvent la traversait un désir puissant de laisser tomber l'enfant, le sien qui venait de naître, une petite fille aussi, Molly. Molly si petite dans ses bras, dont elle avait attendu avec inquiétude de savoir si elle parlerait ou non, si elle entendrait ou non, et avec qui la communication ne pouvait de toute façon se faire que par gestes, caresses, regards. Molly, dans ses bras si petite, si fragile que pouvait vous traverser l'idée d'écarter les bras, imperceptiblement, d'ouvrir les mains et d'observer le corps qui chute. Mais Molly n'était jamais tombée, pas plus que Mina. Les mains avaient résisté, bien qu'elles soient incapables de porter *et* de parler, bien qu'elles soient obligées de faire un choix, les mains.

Et puis il y avait eu la peur de l'oublier au square. La peur ou le désir de partir, alors que l'enfant tourne le dos ou glisse sur le toboggan. Partir pour protéger Molly, bien sûr. La protéger d'elle, sa mère, qui avait l'idée de la faire tomber ou de l'abandonner dans le jardin d'enfants, sa mère cruelle qui ne savait même pas parler comme les autres, et qui lui ferait honte, un jour, quand l'enfant serait grande, à la sortie du collège, invitant des amis chez elle, contrainte de présenter sa mère et sa mère de répondre en grognant des sons et en agitant les mains. Pourtant Héloïse n'avait pas honte, on avait interdit la honte. Héloïse avait encore moins de honte quand elle lui racontait ses secrets de mère, ses rêves de fuite, parce que Lucie comprenait. Retourner à la cabane. Elle comprenait.

C'est vrai, leur premier enfant les avait un peu éloignées ; Lucie n'imaginait pas abandonner Mina dans un square. Les confidences de sa cousine ne l'étonnaient pas, elles les trouvaient même cohérentes, sauvages et violentes, normales. Mais Mina avait réduit sa sauvagerie et sa violence, Mina avait absorbé la tentation d'une course-poursuite dans le désert jusqu'au précipice où l'on saute à deux en se tenant la main. Molly n'avait pas eu cette consistance-là. Était-ce une trahison de la part de Lucie ? S'était-elle séparée, à ce moment-là, de leur enfance commune ? Avait-elle abandonné Héloïse à la solitude du silence ?

Héloïse était mariée, avait un travail, découvrait des choses, écrivait des équations, venait d'accoucher d'une petite fille, et ferait bientôt un deuxième enfant, pendant que Lucie s'occupait passionnément de Mina tout en travaillant aussi, et tâcherait de nier le plus longtemps possible le désastre de son couple, ce foyer qui sentait bon le pain chaud à l'ail, écœurant à force de silences et de prouesses culinaires.

Héloïse assistait de loin à l'indifférence qui minait le couple que formaient Goran et Lucie. Elle pouvait deviner l'asphyxie. Héloïse voyait bien les cernes et la peau bleutée, les yeux morts, les côtes saillantes, Lucie se transformait en spectre, transparente, les cheveux emmêlés, elle ne pouvait pas ne pas voir. Mais le désirait-elle ?

Heureuse en son foyer, Héloïse tenait un équilibre difficile : rien n'y pénétrerait qui vienne de la cabane, et de la nuit, et des hurlements des loups qui réveillent les morts-vivants des contrées assoupies. Rien ne menacerait l'équilibre difficile construit sur des tréteaux au bois pourri, mangés de l'intérieur par les termites invisibles, rien, et pas même Lucie qui sombrait peut-être, qui glissait peut-être dans les fonds qui de tout temps les attiraient elles deux – elle ne la suivrait pas, il n'en était pas question.

Elle s'aventurait parfois à l'interroger et à lire sur les lèvres, parce que Lucie à cette époque avait mis les mains dans sa poche. Elle voyait bien qu'Héloïse n'était pas réceptive. À son tour elle avait su juguler la sauvagerie et la violence, il ne fallait pas remuer la boue.

Puis Lucie avait rencontré Vincent, et à nouveau le bonheur était passé dans ce camp, fuyant l'autre. À force il fallait rendre un peu étanches les espaces pour qu'il ne se balade pas comme ça, au gré d'on ne sait quoi, le vent, le hasard, son bon plaisir ! C'était l'époque des murs, il s'en dressait plein à travers le monde et entre elles. Mais le leur était invisible. Il ressemblait plus à des digues, toujours près de céder à n'importe quelle tempête. Elles favorisaient peu le spectaculaire. Privilégiant ce qui se passe dans l'ombre, derrière le dos des autres, sous le seuil visible, ce qui échappe aux seuils, à la scène, leur infrason, leur inframonde. Ce n'est pas toujours facile d'identifier le danger, et s'il vient de l'intérieur ou de l'extérieur. Héloïse était-elle l'intérieur ou l'extérieur ?

« Il est parfait ton article », dit-elle à Myriam qui sourit comme un chien remue la queue. C'est ce qui agace Lucie. Quand elle était chez sa grand-mère, elle apprenait à Varga, la vieille épagneule, à dissimuler ses émotions : elle la caressait en tenant emprisonnée sa queue pour qu'elle puisse associer joie et absence de manifestation. Il lui paraissait très important que Varga apprenne à ne pas tout montrer, à ne pas être lisible, transparente, offerte à tout le monde, à la compréhension de tous, y compris de ceux qui voudraient l'empoisonner ou lui ficher un bon coup de pied dans le ventre et la tête dès que ses maîtres auraient le dos tourné. Elle lui donnait des cours de stratégie, mais elle ne peut faire de même avec Myriam, si franche, si directe, sans arrière-pensées, et prompte à la colère. Pourtant, elle ne le trouve pas si parfait que ça son article, comment Myriam ne peut-elle imaginer une seconde qu'elle lui ment pour lui faire plaisir, ou du moins qu'elle n'exprime pas exactement ce qu'elle en pense, globalisant son jugement dans une formule toute faite pour s'en débarrasser ? Et, d'une certaine manière, c'est vrai qu'il est correct son article, correct pour le journal qui va le publier, et le public qui le lira : simple, clair, construit, pas très excitant, pas très stimulant, mais honnête. Au nom de quoi exprimerait-elle son sentiment ? Elle qui doit s'assurer de la qualité scientifique et pédagogique des articles qui formeront son dossier, celui dont elle a la responsabilité, qu'elle chapeaute et qu'elle écrit pour partie. Au nom de quoi commenterait-elle le style neutre et parfois un peu trop convenu, les procédés faciles, mais l'efficacité certaine, l'efficacité qui permet qu'on ferme les yeux sur la langue ?

« Si tu as besoin d'un coup de main », propose Myriam, et la voilà qui se sent autorisée à sortir de son rôle, voire à prendre le sien. Lucie dit : « Non, ça ira. » Pour que tout le dossier soit écrit avec des « en tant que » et des « avis aux amateurs », merci bien. Il ne manque

que les smileys, ceux qui arrivent sur son bureau à la fin d'un bouclage. Myriam lui demande si ça va, et cette question lui paraît affreusement intrusive. « Bien sûr que ça va », répond-elle sèchement, elle voudrait se retrouver seule, là, pour travailler, elle a besoin de se concentrer, Myriam l'empêche de se concentrer – « Il faut que je me concentre » –, Myriam comprend et se retire.

Son téléphone vibre, c'est Vincent, qui veut savoir comment ça va. Elle est sur le point de s'énerver, pourquoi lui posent-ils tous la même question, une question à laquelle personne ne répond jamais ! Alors pourquoi insister ?

« Je vois que tu es de mauvaise humeur, je vais raccrocher, on se voit ce soir. »

C'est la même phrase qu'il prononce quatre jours plus tard, le jour de son anniversaire. Il ajoute : « Ne rentre pas trop tard. »

Mais quand le jour tombe, que les lumières s'allument, que les étages s'éclairent les uns après les autres dans la tour qui lui fait face, Lucie se sent de plus en plus attachée à son fauteuil, la peau collée au jean lui-même se confondant avec le tissu marron et vieillot du siège à roulettes, mobile mais uniquement dans un périmètre très étroit, entre le bureau de Lucie, le bureau de Myriam, et le couloir qui n'en est pas un puisqu'il s'agit d'un open space, et que les pièces sont « dessinées » comme à la craie – imitant le film de Lars von Trier, *Dogville*, où tout se passe dans une sorte de gymnase et où les espaces privatifs sont figurés par une peinture au sol. Les open spaces rejouent des frontières symboliques, et l'on s'y habitue – au point d'appeler couloir cet espace vide entre deux blocs de bureaux, de la même manière que les prisonniers du goulag nommaient thé l'eau tiédasse et terreuse, et chambre une paillasse pourrie. Les mots servent le réel, et construisent des maisons et des cérémoniaux alors même que les murs tombent, les espaces se vident, la vie s'échappe, le sens disparaît. Mais les mots résistent. Résistent pour donner du sens. Le siège à roulettes glisse sur la moquette, mais les fesses restent enfoncées, immobiles. Le siège à roulettes ne la fera pas rentrer chez elle. Il voyage entre les pièces du mobilier de bureau, blanches et fonctionnelles, modulables. Il voyage entre des pièces de série, identiques les unes aux autres, singularisées par quelques cadres où s'affichent toujours des sourires, parfois des paysages, et des stylos de couleurs différentes plus ou moins bien rangés selon la maniaquerie de leur propriétaire. Il n'y a plus personne maintenant à l'étage. Lucie a fini sa promenade immobile et repris son article. Il serait bien de le terminer avant de rentrer. Une surprise doit l'attendre, pas fulgurante, pas exceptionnelle, mais un repas au menu choisi, et des petits cadeaux des uns et des autres, une bouteille de champagne au frais ; en réalité ça n'est pas une surprise puisqu'elle sait très exactement tout ce qui l'attend. Ce savoir-là devrait la réjouir, c'est la configuration idéale : mari, enfants, champagne. Peut-être même un joli bracelet ou un corsage qu'elle ira changer parce que Vincent tombe toujours à côté, mais dans une boutique qu'elle aura pris soin de lui indiquer – elle trouvera forcément autre chose. Elle voudrait les rejoindre. Rejoindre cette vie-là, qu'elle a mis tant de temps à échafauder, et qu'elle n'a pas construite seule, d'ailleurs qu'elle n'a pas tant construite que cela, la chance s'en est mêlée, elle a brodé autour, ils ont piqué et repiqué le fil ensemble, et c'est déjà quelque chose de savoir tenir l'aiguille à deux pour ne pas laisser passer l'aubaine.

Mais ce soir elle ne peut pas, elle ne peut plus. Il n'y a aucun mensonge dans cette existence qui l'attend chez elle, au bout du métro. Aucune de ces choses qui vous font devenir comme Jean-Claude Romand ou Xavier Dupont de Ligonnès, ces choses qui incarnent votre imposture, votre fiction. Elle ne va pas acheter une carabine, tuer tout le monde et se supprimer ensuite – enfin ces hommes ont choisi de s'épargner. Et puis il y a d'autres solutions. Héloïse et Louis lui ont montré l'exemple. Elle n'est pas du genre à massacrer.

Elle respire. L'image des siens gisant dans leur sang se retire. La tour est totalement illuminée maintenant. Les gens ont dû rentrer chez eux. Habiter au dix-septième étage, cela vous donne-t-il une autre version de l'existence ? Peut-être certains l'observent-ils de leur fenêtre, comme elle le fait de la sienne. Et que voient-ils ? Une femme seule, qui roule sur son siège entre les bureaux, dans un open space vide, puis qui se poste devant son ordinateur sans bouger, tapant parfois frénétiquement sur le clavier, s'arrêtant, regardant dans le vide, reprenant, restant à sa table, alors que les lumières de sa tour à elle sont en train de s'éteindre : entièrement dévolue aux entreprises, sa tour disparaît la nuit pour réapparaître aux petites lueurs du jour en été, dans la nuit noire en hiver, mais ce soir, elle résiste contre l'extinction des feux, son ordinateur émet une lumière bleue qui éclaire son visage, et l'offre aux regards d'inconnus. Seule flamme bleue dans l'obscurité, au milieu d'une tour qui repose, froide et lourde dans le sol, éteinte et endormie.

Les travailleurs de la nuit devraient la rejoindre bientôt, allumer les lumières, tourner les boutons, brancher l'aspirateur, passer le chiffon entre les cadres et les stylos et remonter les allées des bureaux, comme pour une promenade réglée, quadrillée, poussant des chariots invisibles la journée et qui ressortent la nuit, avec le cortège des fantômes. Les travailleurs des interstices, les entre chiens et loups, qui arrivent quand tout le monde part, ou avant que la ville ne s'éveille. Des femmes voilées au dos voûté, maghrébines, des hommes aux mains abîmées, noirs. Elle attend, elle écoute, les bruits de l'ascenseur, ou les pas au-dessus de sa tête, suivis du chariot, mais rien, ils ne sont pas arrivés, sans doute coincés dans un RER à trente mètres au-dessous du sol, dans des embruns de parfums à la vanille qu'on achète sur les stands des couloirs du métro à prix réduit, deux flacons pour un, des parfums de toilettes d'aéroport, mélangés à la sueur des voyageurs, les corps n'en peuvent plus, les corps vomissent des effluves que la vanille ne couvre pas. Pourtant dès qu'ils arrivent chez eux, ils se lavent dans la douche aux carreaux ébréchés et aux joints pourrissants, d'où remontent les odeurs d'égout, un goût de terre et de mort. Mais ça ne suffit pas. Les corps ensemble retrouvent leur parfum de masse. Elle peut le sentir en fermant les yeux. C'est le parfum qu'elle ramène chez elle, quand elle prend le RER plutôt que le métro, et qui s'accroche aux vêtements, à la peau. Le parfum des souterrains et de la promiscuité, le parfum des villes.

Mais elle a soif. Et que dirait-elle d'une petite bière ? Une bière dans un café en bas du journal. Il n'y en a que de sordides. Parfait. Un sas avant de rentrer. Une petite bière et on rentre.

Elle s'arrache enfin à ce siège, traverse les couloirs sans murs, et l'espace vide plein de pièces imaginaires, atteint l'ascenseur de verre – la transparence est brandie comme l'injonction totale, architecture et cœurs ouverts –, appuie sur le bouton comme une automate, ouvre ton cœur, adresse-toi aux autres, exprime ce que tu améliorerais dans ton travail et dans tes relations avec tes collègues, parle-nous de ton couple, nous allons améliorer la productivité tous ensemble, mais il faut que vous jetiez vos intestins sur les bureaux blancs que Fatima nettoiera cette nuit. Le bonheur au travail, c'est la garantie de la performance.

Elle a pris soin de mettre son téléphone sur mode silencieux pour ne plus entendre les sonneries répétées et les bips annonçant des SMS en pagaille, des « Bon anniversaire », des ballons et des cotillons, des fusées qui explosent, des « Quand est-ce que tu rentres ? ».

Elle observe la ville monter tandis qu'elle descend, et s'écraser de tout son long, horizontalement, jusqu'à se cacher derrière le premier immeuble venu. Elle se rend mécaniquement au bar PMU qui fait l'angle. Tenu par des Chinois, il propose pour se restaurer des bo-bun, des sushis et des bolognaises. Mais ce sont les amateurs de petits vins du cru qui privilégient l'endroit, surtout quand ils n'ont pas un radis pour aligner dix canons à la file. Ils les boivent quand même. On sert plus de cacahuètes que de saumon cru, les gourmets ne s'y trompent pas. Les autres, les clients, parient devant la télévision qui diffuse des courses de chevaux, ils encouragent leur monture en sifflant leur verre de blanc, et toujours pas de bo-bun sur la table.

Elle s'assoit et attend qu'un serveur s'intéresse à elle. Elle n'a pas plus l'intention que les parieurs de commander un bo-bun. Ses yeux sont perdus au loin, elle ne prendra aucune initiative. S'asseoir là est le maximum qu'elle puisse faire. Le serveur arrive, elle commande une pression. Elle déteste la bière. Ce soir, elle fait une exception.

La pinte arrive sur la table, éclaboussant son pull. Elle l'observe en se demandant en combien de temps elle parviendra à faire descendre le liquide jusqu'en bas, le transvasant doucement mais irrémédiablement du contenant premier au contenant second. D'anciennes images des cours de chimie resurgissent, ceux qui lui ont donné envie de continuer dans cette voie. Le liquide qui monte alors qu'il devrait descendre, les tuyaux transparents dans lesquels on fait passer des consistances différentes aux couleurs vives, l'ébullition, la transformation, le passage. Les masses et les densités qui permettent de faire remonter l'air. L'expérience de Pascal, ou plutôt de son beau-frère, Florin Périer, mandaté par le savant sur le puy de Dôme. À huit heures du matin, le missionné muni d'une provision de mercure commence l'ascension, et le niveau baisse au fur et à mesure qu'il monte, il vient de prouver la pression atmosphérique, « les liqueurs pèsent suivant leur hauteur », et si elle se lève, la bière coulera-t-elle plus vite ?

Le houblon dans sa gorge, puis l'œsophage, puis l'estomac, elle pourrait dessiner à main levée le tracé du destin de ce qui se présente devant elle, civilisé et reconnaissable sous la forme d'une pinte de bière, qu'il faudra boire jusqu'à la lie, alors qu'elle n'aime pas ça. Mais ceci n'a plus grande importance, aimer, ne pas aimer, le processus chimique sera le même à observer. Il faut commencer, comme on commence une ascension. La bière sous sa forme présentable, sa forme sociale, réitérée sur d'autres tables, devant d'autres clients, rarement seuls, parfois cependant, la bière comme on la dessine, comme un émoji la figure, alors qu'elle n'a de forme que grâce au verre. Il suffirait de briser le verre et que serait-elle, la bière ? Rien, du liquide épars, mélangé avec les matières du sol, tout ce qui traîne sous les chaussures, pisse de chien, chewing-gum, terre, crachat, elle ne serait plus tout à fait de la bière et pourtant si, puisqu'elle l'était si sagement cinq secondes avant, et qui irait lécher le sol même passé à la Javel du café que piétinent les salariés qui sortent du bureau à cette heure, et qui s'arrêtent pour profiter de l'heure « heureuse », où l'on peut boire plus en ayant l'impression de dépenser moins, avant de rentrer chez eux. Ils grattent un Cash, ils perdent, ils hésitent à recommencer, ils n'ont plus de monnaie. Qu'y a-t-il de *happy* chez eux qui les presserait de se dispenser de cette bière ? Est-ce qu'on fait *happy hour* dans les foyers aussi ? Est-ce qu'on fait la fête de quinze heures à vingt heures dans les appartements ? Est-ce qu'on peut tout consommer en double parce que c'est à moitié prix ? Elle joue avec le verre, immense, mais comment va-t-elle le tenir ? À deux mains sans doute. Tenir une bière à deux mains ! comme un bébé ? Elle a les mains si petites. Lucie observe ses petits doigts, ses petites mains, pourquoi n'ont-elles pas grandi ? Elles n'ont pas suivi le reste de son corps.

Mais son corps aussi s'est arrêté, ses seins, ses hanches : un jeune garçon. Est-ce qu'une mère de famille peut se permettre d'avoir le corps d'un jeune garçon, toujours aussi attirant pour les prédateurs de l'enfance ? C'est comme la bière, ça mérite un contenant un peu plus sérieux, une mère de famille. Elle porte la bière jusqu'à ses lèvres, la tenant fermement des deux mains pour qu'elle ne glisse pas (sans quoi bière-pisse-sol). Et elle boit. Une première gorgée, puis une deuxième. Si elle boit toute la bière, son corps gonflera-t-il, chassant les manières du jeune garçon ? Il faut voir. Elle essaie de boire sans discontinuer, mais tout doucement, un filet de mousse s'écoulant au compte-gouttes dans sa gorge, comme une perfusion de sucre dans le corps d'un enfant à demi mort de faim, tout doucement, tout doucement. Puis elle la repose. Le liquide a à peine baissé. Ça la démoralise d'un coup, est-ce qu'il ne faut pas qu'elle rentre ? Mais elle chasse cette pensée aussitôt, s'autorisant, se dit-elle, cette petite heure de liberté qui ne dérangera personne, c'est mon cadeau d'anniversaire, cette petite heure pour rien, personne ne sait où je suis. S'il y a un attentat, aucun indice ne permettra de m'identifier, mon corps ici n'a aucune raison d'être, c'est cela mon cadeau, être nulle part, je me l'octroie, je suis libre. L'exaltation qui devrait suivre cette diatribe demeure absente. Pourtant, Lucie fait tout pour la stimuler. Mais elle sait qu'elle triche. Elle a envie de jouer avec ce mensonge, elle a envie de s'abîmer dans la tricherie, voilà son vrai cadeau, tomber de plus en plus loin, *tombe, tombe, tombe. Soit que le puits fût très profond, soit qu'elle tombât très lentement, elle s'aperçut qu'elle avait le temps, tout en descendant, de regarder autour d'elle et de se demander ce qui allait se passer.* Bientôt, au milieu des clients se dressera le mot MARMELADE D'ORANGES, elle le guette, elle le cherche. Mais il n'y a que de la bière, de la bière partout.

Plus bas, encore plus bas, toujours plus bas. Est-ce que cette chute ne finirait jamais ?

Ma parole, même si je tombais du haut du toit, je n'en parlerais à personne[1] *!*

La bière se déversant se mélangera-t-elle aux larmes, et les eaux montantes engloutiront-elles les esseulés du café, les salariés profitant du *happy hour* ? Elle reprend la pinte et boit à nouveau, cette fois à grandes gorgées, pour voir. C'est un peu écœurant mais si on met de côté le goût, la sensation n'est pas désagréable. Celle de se remplir. Puisqu'il ne reste que celle-là. Mais se remplir est limité, tout contenant est une limitation. Tout ce qui rend présentable et civilisé est une limitation. Une illusion ? Le serveur la frôle et s'arrête, lui demande si tout va bien. Elle a la bouche pleine, hoche la tête pour le rassurer, essaie de sourire, même si ce n'est pas facile.

Les clients ont terminé leur verre, ils partent. Ceux qui rentrent chez eux du moins. D'autres sans doute ne sont attendus nulle part, alors ils traînent, ils commandent un autre verre. Ils font passer le temps. Ils ont l'impression d'être ensemble, comme dans une famille. Les puissances de la nuit sont tombées sur la ville. Il faut se barricader, ou trouver d'autres stratégies pour résister à l'appel. Tenir jusqu'au lendemain. Tenir jusqu'au lever du jour, plein des promesses de la vie civilisée : la promesse que ça recommence, comme hier, comme demain, que tout

---

1. Lewis Carroll, *Les Aventures d'Alice au pays des merveilles.*

est sous contrôle, le danger encore une fois a été écarté. Mais on a eu chaud. Elle a déjà bu la moitié de la pinte. Désormais, elle se sent bien, engourdie mais bien, prête à toutes les attaques. La difficulté, bien sûr, sera de se lever, de se mouvoir, de sortir de ce bien-être-là qui exige qu'on ne bouge pas, ou que seuls les bras et la bouche se meuvent, pour effectuer le seul geste possible, amener la bière jusqu'aux lèvres. Bien-être et anesthésie, qui aurait dit que ça allait ensemble ? Les pensées la traversent sans s'appesantir. Aucune ne s'installe. C'est ce qu'on apprend au yoga, paraît-il, mais pourquoi faire souffrir son corps et subir le charabia d'un initié quand une bière parvient aussi efficacement aux mêmes résultats ? Elle n'est plus que réceptacle, de bière et de pensée, les deux se confondant. Le temps s'est arrêté, il n'y a pas de raison de le faire repartir. Alors elle continue, porte la bière à sa bouche, boit, repose, bouche, boit, repose. *Plus bas, encore plus bas, toujours plus bas.* Mais immobile. Le café s'est désormais presque totalement vidé. Les serveurs commencent à ranger les tables. Mais quelle heure est-il ? Elle sent qu'on la presse, qu'on jette sur elle des regards interrogatifs. On lui amène l'addition pour accélérer le tempo. Elle a vraiment commandé deux aussi grosses pintes ? Elle sort son agenda, le repose, puis son téléphone, non c'est idiot, fermer les yeux, ne pas regarder, ni l'heure ni les messages. Elle finit par sortir sa carte bleue, c'était bien ça qu'elle cherchait ? Compose un code correct au bout de la deuxième fois et se lève pour quitter les lieux avec une dignité qui signifie très clairement, vous ne me virez pas, c'est moi qui prends l'initiative de partir ! Le métro est si simple à prendre après ça ! Un sourire traîne sur ses lèvres tandis que sa tête repose contre la vitre. Mais quand elle approche de chez elle, son cœur se serre. L'angoisse revient. Quelle heure est-il ? Qu'a-t-elle fait ?

Elle écoute derrière la porte pour deviner ce qui se manigance, mais rien, aucun bruit. Une surprise, peut-être ? Elle tourne la clé dans la serrure et entre dans un appartement noir. Elle fait quelques pas, prête à toute explosion de cris « Joyeux anniversaire ! ». Mais rien. Elle va jusqu'au salon, puis à la cuisine où elle se sert un verre d'eau. Il y a bien quelques assiettes dans l'évier et des miettes de gâteau. Vincent arrive derrière elle en pyjama, les traits tirés. Elle se retourne. Il soupire, de soulagement ou de tristesse ? « On t'a appelée toute la soirée. On s'est inquiétés. » Mais alors pourquoi il n'a pas appelé les flics ? Ou les parents ? Les adultes peuvent faire quelque chose, oui ou non ? « Tu as gâché ta fête d'anniversaire, tes enfants sont couchés. Je suppose que c'est ce que tu souhaitais. » Elle hausse les épaules, pas certaine d'avoir compris la situation. Pour autant, elle voudrait disparaître, preuve qu'elle la comprend un peu, quand même. Il n'y a rien à dire, de toute façon. Plus rien à dire. Son visage est en train de se noyer sous les larmes, mais des larmes qui viennent de si loin.

Vincent lui tend un mouchoir, elle hoquette. Quand elle a fini, vidé sa capacité de larmes, quand la mare a atteint dix centimètres, s'étendant jusqu'au milieu de la pièce, il la soulève et la porte jusqu'à la chambre. « Demain, on parlera. Pour le moment il faut que tu te reposes. »

Elle voudrait se blottir contre lui mais n'ose pas. Elle se retourne et murmure : « J'ai tenu, j'ai tenu, j'ai tenu, j'ai tenu, je ne tiens plus. »

Elle a l'impression d'avoir lâché quelque chose, enfin. C'est son cadeau d'anniversaire.

Vincent n'est pas homme à laisser les situations s'enliser, à ne pas chercher de solution. Il prépare le petit déjeuner, et voudrait parler aux enfants avant qu'elle se réveille, mais elle est là, derrière lui, en robe de chambre ceinturée autour de la taille, les yeux un peu gonflés, acceptables. Quand les enfants entrent dans la cuisine, elle s'excuse auprès d'eux, dit à quel point elle est désolée, qu'elle n'a pas vu l'heure, qu'elle a fait n'importe quoi. Ils l'observent, incrédules. « Ça va pas, maman ? » demande Mina. Augustin est inquiet, ça se sent à son regard vidé de toute hostilité. Vincent attend qu'elle réponde, mais comme son « Si, ça va » inaudible n'est pas à proprement parler ce qu'on appelle une réponse, il la protège, encore : « Votre mère a besoin de se reposer », mais elle se révolte : « Non, je dois boucler le dossier sur le temps !

— On en parlera plus tard de ton dossier, tu peux aussi prendre un arrêt maladie, dire que tu es en burn-out.

— Ah ah ah, un burn-out ? Mais tu n'as rien trouvé de mieux que les maladies à la mode ! Ça fait pitié !

— Allez vous préparer les enfants. »

Lucie se laisse tomber sur la chaise.

« Tu crois que je dois disparaître ?

— Ne dis pas de bêtise.

— Si, c'est ce que tu penses ! »

Vincent est sur le point de s'énerver. Les enfants reviennent avec leur cadeau bien emballé. Lucie va pleurer à nouveau. Elle les serre contre elle, trop fort, leur fait mal, leur demande pardon, hier, c'était, eh bien, elle a dû travailler tard, et après, après… « T'inquiète pas, maman, ouvre. » Dans l'un des paquets, un mug avec sa tête, son visage souriant. « C'est pour boire ton thé », dit Augustin, fier de son idée et de la réalisation qui a demandé une préméditation, une organisation, un suivi. Lucie ne ressent rien. « C'est merveilleux, c'est… magnifique », les larmes continuent. L'autre paquet contient des crèmes qui sentent bon et une huile de massage. « Comme ça, tu pourras bien te reposer », dit Mina, les larmes surabondent, la mare devient une mer. Elle reconnaît l'emballage, ça vient de la station Saint-Lazare, changement ligne 3-ligne 13, sur le stand des prix cassés, parfum à la vanille, et autres douceurs pour le bain. Elle embrasse ses enfants à nouveau pour enfouir ses larmes et cette incapacité à éprouver quoi que ce soit, ne serait-ce que de la gratitude pour leur geste, leur dit : « Vous êtes ce que j'ai fait de mieux, ce que j'ai de plus précieux, vous êtes ma vie. » Ordinairement, ces mots dits sur un ton léger et joyeux font partie de leur rituel, mais ce matin ils font peur. Les enfants entendent résonner en eux cette peur. Alors ils retournent dans leur chambre pour finir de se préparer.

« Tu les effraies, dit Vincent.

— Il faut que je disparaisse.

— Maintenant ça suffit. »

Mina et Augustin ont claqué la porte après avoir à nouveau embrassé leur mère. Vincent l'attend, un café à la main. « Il faut qu'on parle. » N'est-ce pas le début de toute séance d'inquisition ? « Je suis face à mon juge, c'est ça ? » demande-t-elle, mais elle n'en mène pas large. Elle n'a pas la main, comme aucune sorcière ne l'a jamais eue. Elle songe à Isa, son amie, qui lui a raconté toutes les tortures que les sorcières ont subies, les jambes comprimées entre des morceaux de bois, qui se resserrent et brisent les os, les ongles arrachés, les pieds brûlés ; il y a un protocole de la torture, la torture doit signifier quelque chose, *Les aiguilles sont disposées comme sur une herse, et l'ensemble aussi est manipulé comme une herse, même si ce n'est qu'à une seule et même place, et de manière plus sophistiquée*, il faut que la femme se souvienne, le souvenir est un tatouage, sans cicatrice, le corps est vierge, il ne parle pas ; lisse, il est muet, un bleu a trop vite disparu. *Notre condamnation n'est pas sévère. On inscrit le commandement transgressé sur la peau du condamné à l'aide de la herse*[1]. Marquer la peau, inscrire dans la chair le commandement, et l'ordre devient la conscience des sorcières, la conscience qui craque, la douleur qui pulse sous la peau, dans le bas du ventre et autour du cou, des seins, du crâne et du cuir chevelu, la douleur vient de là, de cette époque-là, de ces corps-là même s'ils ne sont pas les nôtres, ils le sont quand même, un seul grand corps qui dure et se métamorphose, avec comme fil rouge les os brisés et la claudication. Hanches ouvertes et bassin écartelé. L'Inquisition partout.

Mais Vincent n'est pas un inquisiteur, il est doux, il la regarde avec ses yeux de chien battu, d'homme triste, triste à cause d'elle. « Ça ne va pas, Lucie. Et nous savons tous les deux pourquoi. Nous avons en tout cas quelques indices, moi, du moins, j'ai quelques indices.

---

1. Franz Kafka, *La Colonie pénitentiaire,* http://www.alain.leshurtig.org/pdf/colonie_penitentiaire.pdf

Toi tu en sais beaucoup plus. Est-ce que ce n'est pas le moment de te confronter à tout ça ? » Elle fait non de la tête, de toute façon, aucun son ne sort de sa bouche.

« Je ne veux pas, je ne peux pas te forcer. Mais tu vois bien que ça ne va pas. Est-ce qu'il ne faut pas aller voir quelqu'un ? Est-ce qu'il ne faut pas au moins parler avec quelqu'un ? Même pas un psy, je ne sais pas moi !

— Qui ? » hurle-t-elle.

Il sait bien, pourtant, qu'il n'y a plus personne ! « Ta famille, ta mère, ton père, tes oncles et tantes, tous ceux qui étaient là, qui ont su, qui ont minimisé. Et toi la première. Peut-être qu'il faut arrêter de minimiser ? Peut-être qu'il faut retourner là-bas ? » Elle voudrait se boucher les oreilles, elle voudrait le frapper. Partir, sauter par la fenêtre. Lui arracher les cheveux, et la peau par lambeaux, lui crever les yeux et enfoncer les doigts dans les orbites.

Elle se calme, ça ne sert à rien avec lui, rien ne lui fait perdre son calme. Retrouver le sien. Retrouver quelque chose qui la tienne droit, *la volonté, la volonté, la volonté.* « Laisse-moi finir mon dossier sur le temps. Je vais me faire virer si ça continue, ils n'attendent que ça, virer une nouvelle personne, si je ne termine pas, ils vont me virer. » Vincent soupire : « Tout cela est tellement absurde. Te virer parce qu'on ne te donne pas le temps…

— Laisse-moi finir, s'il te plaît, et après, j'essaie, on parle et je fais ce que tu dis, laisse-moi terminer je t'en supplie.

— Écoute, Lucie, ce n'est pas à moi de te dire ce que tu dois faire. Je ne peux pas t'obliger à… rien d'ailleurs. Mais je ne te laisserai pas sombrer dans cet état, je le connais, nous le connaissons tous les deux, je m'étonnais presque que ça n'ait pas recommencé depuis la mort d'Héloïse. Mais non, rien, j'espérais... Je pensais, enfin je voulais me faire croire... Mais bien sûr, ça recommence, et ça ne pouvait pas être autrement. Ça recommence et ça pourrait être pire. Il est temps de faire quelque chose. Je crois qu'on n'a plus le choix.

— On ?

— Oui, on. On est deux, on est quatre même, tu n'es pas toute seule, tu n'es pas libre de te foutre en l'air. »

Vincent se lève, va dans la salle de bains et ferme la porte. Elle l'entend prendre sa douche, se raser. Il sort de la salle de bains, se rend dans la chambre où elle l'entend ouvrir les portes, les refermer, remonter une braguette, une chaussette, froisser un tissu, ranger la chemise dans le pantalon. Puis il entre à nouveau dans le salon et s'approche d'elle. « Va te préparer, je t'accompagne au bureau en scooter. » Elle obéit comme un pantin, se douche, utilise l'un des gels douche que Mina lui a offerts – vanille, stand ligne 3-ligne 13, l'odeur du RER –, s'habille, passe dans la cuisine et embrasse son nouveau mug, elle est prête. Docile, elle monte à l'arrière du scooter et se laisse transporter jusqu'au bas de la tour. Ils s'embrassent rapidement, Vincent est déjà en retard à son travail, elle monte dans l'ascenseur vitré et observe Paris s'agrandir à chaque étage, les yeux noyés de l'océan déversé, s'écoulant désormais dans les égouts parisiens et jusqu'aux nappes phréatiques.

Sur la page Word de son journal, elle note :

Mourir ou y retourner (mais n'est-ce pas la même chose ?)

Puis :

Travailler jusqu'au soir, sans réfléchir. Poste à sauver.

Une bouffée de rage la submerge. De haine peut-être. Contre Vincent, Vincent qui est toujours calme, Vincent qui pense, qui élabore, qui propose, qui gère. Vincent qui prend en main, qui organise, qui aide. A-t-elle demandé son aide ? À quel moment exactement lui a-t-elle demandé de l'aider ? Jamais, lui semble-t-il, jamais elle ne lui a dit : « Mon chéri, s'il te plaît, je n'y arrive plus toute seule, peux-tu m'aider ? » Alors de quel droit ? Et si elle avait envie, justement, de ne plus être aidée, si elle était attirée par ce vide, poussée par cette vague de violence à laquelle elle souhaite laisser toute latitude, et ouvrir la voie, déblayer les derniers obstacles ? Et si elle voulait retrouver la sauvagerie, l'absolue sauvagerie de la destruction, de quel droit l'en empêcherait-il ? Faut-il qu'ils se déclarent la guerre ? Comme deux principes qui s'affrontent ? Comme deux forces antagonistes et irréconciliables, à moins d'une victoire absolue de l'une sur l'autre ? Doit-elle tuer Vincent ? Ou mourir ? Et leurs enfants dans tout ça… Bien sûr, elle n'y avait pas pensé. Ses enfants sont du côté de Vincent, doivent l'être, sans quoi tout recommence, plus rien ne tient. Elle comprend alors le choix d'Héloïse. Se retirer, disparaître. Pour les laisser vivre. Pour les sauver d'elle-même. Elle se sent très proche d'elle, soudain. Trop proche : deux sœurs. Viens, lui souffle Héloïse. Elle aurait été prête à la suivre si Myriam n'avait pas surgi derrière son bureau en brandissant quatre doigts. « Quatre jours », articule-t-elle silencieusement. De quoi parle-t-elle ? Ah oui, le dossier… Héloïse se retire sur la pointe des pieds pour la laisser travailler. Compiler des articles, rédiger des débuts, des fins, organiser les encarts qu'elle a déjà reçus de ses collaborateurs, mais le corps du texte ? Le corps ?

« Les graphistes ont besoin des textes, au moins du nombre de signes exact, il faut commencer à maquetter ! Tu fais quoi là, Lucie ?

— Pas de problème, je vais y arriver, j'ai presque fini.

— Tu vas nous foutre dans la merde si ça n'avance pas plus vite. On va tous être dans la merde, tu comprends ? »

Lucie fait oui, sans un regard pour Myriam, les yeux sur son écran, inflexibles, immobiles.

« Déjà qu'on est à ça du licenciement, déjà qu'on est à ça de se faire virer comme des malpropres, je sais pas moi, la restructuration ça te dit quelque chose ? C'est pas comme si on n'en avait pas déjà parlé ! Être irréprochables pendant cette période, c'était notre mot d'ordre, tu te souviens ? Tu te souviens ou quoi ? »

Lucie lève enfin le visage.

« Irréprochables ? Non. Je ne sais pas ce que ça veut dire.

— Ne fais pas la maligne avec moi », répond Myriam, de plus en plus en colère.

Mais Lucie n'est pas en reste :

« Irréprochables pour qui ? Par rapport à quoi ? À quoi faut-il encore s'adapter, dis-moi ? À leurs délais absurdes ? À des exigences qui n'ont plus rien à voir avec la science, avec la transmission, avec les valeurs qu'on a défendues en entrant ici ?

— C'est plus le moment de me faire un discours politique, je suis syndiquée au cas où tu l'oublierais, pas la peine de me faire l'article. T'es à contretemps, Lucie, on n'a plus le temps de tout remettre en question, tu pourras le faire le lendemain du bouclage. Là, tu vois, je veux juste être sûre que je peux continuer à payer mon emprunt. »

À contretemps, c'est bien ça. Comment finir un dossier sur le temps à contretemps ? N'y a-t-il pas là quelque chose de paradoxal, peut-être même d'impossible ? « Tu me fais perdre du temps », tranche Lucie. Myriam se retire, furieuse : « Je te laisserai pas détruire nos emplois ! » Lucie hausse les épaules, et pour la première fois se demande ce qu'il se passerait si elle ne rendait pas le dossier dans les délais : mettrait-on tous les autres sur le coup, pour pallier sa déficience et sauver les apparences ? Renoncerait-on à sortir ce numéro, au risque de perdre des abonnements, ceux qui précisément maintiennent en vie le magazine ? Et si elle coupait tous les fils qui maintiennent en vie ?

Mais elle se reprend, elle a besoin de ce métier, elle l'aime, même si elle n'aime pas ce que le modèle économique a fait de lui, d'elle, d'eux. Myriam a raison, ce n'est pas le moment d'épouser une critique politique plus ample, ni de s'insurger contre les conditions absurdes dans lesquelles elle doit terminer le travail.

Alors elle s'y remet, courageusement, en bloquant toutes les pensées extérieures, les parasites, les sensations de son corps, la faim, la soif, la fatigue, le mal de crâne, le fourmillement dans les doigts, et la violence, la vague de violence qui attend tapie comme une bête sauvage affamée la proie qu'elle voit s'agiter au loin – la bête est enchaînée, la chaîne usée, pour le moment elle ne peut pas bondir.

Problème posé par les paradoxes de Zénon et la tortue : si on divise le temps à l'infini, la tortue n'arrivera jamais à son but, il n'y aurait pas de progression. Ceci n'est pas un paradoxe, c'est une vérité. Personne n'arrive à son but, la mort n'est pas un but, c'est une fin. Si je tends à vivre, ce n'est pas un but, c'est un simple réflexe. Pour le reste, répétition.

S'il s'était agi d'un simple voyage dans l'espace, Ulysse n'aurait pas été déçu ; l'irrémédiable, ce n'est pas que l'exilé ait quitté la terre natale : l'irrémédiable, c'est que l'exilé ait quitté cette terre natale il y a vingt ans. L'exilé voudrait retrouver non seulement le lieu natal, mais le jeune homme qu'il était lui-même autrefois quand il l'habitait. Ulysse est maintenant un autre Ulysse, qui retrouve une autre Pénélope... Et Ithaque aussi est une autre île, à la même place, mais non pas à la même date ; c'est une patrie d'un autre temps[1]. Jankélévitch a tort. On ne quitte jamais Ithaque, on y revient sans cesse, on y a été crucifié.

Il n'y a pas de possibilité d'échapper.

C'est ça, la tragédie d'Ulysse.

On n'échappe pas à ça : la cabane. On n'en sort jamais, et même si on s'est éloigné, même si on pense avoir construit une vie, la chaîne à la cheville est bien là, comme pour la bête sauvage – mais elle n'est pas abîmée, à peine entamée. Ithaque est la prison que côtoie le paradis : l'enfance, c'est ça, la prison au cœur du

1. Vladimir Jankélévitch, *L'Irréversible et la Nostalgie.*

paradis. Il n'y a pas d'irréversibilité, il n'y a pas de temps. C'est la conclusion à laquelle elle va arriver, c'est le but qu'elle vise, le but intermédiaire dans une existence sans but et qui se répète et qui revient sans cesse dans la boue et l'essence et les borborygmes d'Héloïse, ses yeux affolés qui scrutent les siens dans la pénombre, non moins affolés, sauf qu'elle ne les voit pas, on ne voit pas ses propres yeux, on les oublie. Ce qu'elle n'oublie pas, c'est cette sensation au ventre, cette horrible douleur pourtant insensible. La terreur, l'absolue terreur, mais la sidération, l'anesthésie et la déchirure. À la fois synchrones, alors qu'elles devraient appartenir à deux temps différents, les frôlements, les caresses, l'incompréhension, puis rien, des froissements de feuilles, des bruits furtifs, l'ombre qui s'approche de la porte pour l'ouvrir, la lumière du jour aveuglante, et sa fuite. Les longues minutes, les heures peut-être, à attendre, attachées, sans pouvoir se parler, les mains liées rendues muettes. Il manque quelque chose.

Est-ce un rêve ? Ces images fixes, toujours les mêmes, qui coupent le moment, le figent, le pétrifient dans cet unique souvenir, terreur et anesthésie, mains liées, un silence infini et pourtant des cris, les adultes qui arrivent, devancés par Louis et le temps qui reprend, dans un rythme effréné, tandis que leur propre rythme d'enfance s'est arrêté, peut-être définitivement, peut-être pas, car lorsqu'elles sont ensemble, ce rythme bat, d'abord tout doucement, puis de plus en plus vite, jusqu'à retrouver son tempo propre, un tempo à deux. Cette fois il est perdu.

Et les discours qui recouvrent ; les questions des adultes, les cris encore, les paroles embrouillées, trop rapides, maladroites et précautionneuses, les couvertures qu'on met sur leurs épaules, les gendarmes qui se garent dans un bruit fracassant. Le médecin, les questions, et elle qui traduit, comme un automate, qui parle pour elle et pour Héloïse, qui raconte pour elles deux comme si elles avaient vécu très exactement la même chose, mais était-ce la même chose ? L'une était attachée au mur droit, l'autre au mur gauche. Était-ce la même chose ? Avaient-elles vécu la même scène, une seule et même scène ? Ou y en avait-il eu plusieurs, diffractées, dans des temps séparés, irréductibles les uns aux autres ? Le brouhaha des adultes n'avait cessé d'occulter le reste. Et après lui, l'omerta, la banalisation : le « Ça aurait pu être pire », « Vous vous en êtes bien sorties », « Bravo Louis, grâce à toi… », « Maintenant on oublie et on repart d'un bon pied ». D'un bon pied ? Mais lequel ? Le gauche ou le droit ? Le mur gauche ou le mur droit ? Qu'est-ce qui décide du droit et du gauche ? Le point de référence ? Soi-même ? Mais où est donc ce soi-même pour être si assuré de fixer la droite et la gauche ? De les fixer pour tout le monde, les policiers, le médecin, les adultes, qui diront : « Plus de peur que de mal », il ne faut pas les stigmatiser. Faire comme si tout était normal…

Lucie ferme les yeux. Peut-être ont-ils eu raison d'agir ainsi : elles ont pu mener une vie normale. On n'en parle plus, on pense à autre chose, on fait des études et des enfants. On efface, pour les autres, pour rassurer les autres, car il faut toujours rassurer les autres. On ne peut pas se permettre de hurler la nuit ni de retenir ses parents lorsqu'ils partent pour sauver des gens agonisants, ou des bébés intoxiqués. On efface. On devient normal. Déjà qu'avec la surdité… La normalité est notre horizon, la normalité est la thérapie de toute la famille. *Il y a un degré d'insomnie, de rumination, de sens historique qui nuit à l'être vivant et finit par l'anéantir*[1]. Le passé exagère à toujours vouloir prendre une place prédominante. Il faut obéir aux catégories temporelles : passé, présent, avenir. Où se situe-t-elle sur la frise ? Est-ce le même référent que pour la gauche et la droite ? Soi-même, comme son propre présent. Mais son passé est plus présent que jamais. Quelle blague. Quelle blague que de buter sur le Temps.

Il faut être sérieux. Elle a envie d'une bière. Il faut être sérieux. Reprendre, Planck, Mach, Einstein. La théorie des cordes. « Même avant Einstein, les physiciens n'ont pas uniquement évité les mots "passé", "présent" et "futur", ils ont également évité les temps grammaticaux. » Ils rêvent d'un langage dans lequel « la différence entre être, avoir été et sur le point d'être est inexprimable ».

Évacuer les temps grammaticaux. Non pas les éviter, mais les évacuer. Parler toujours au présent. Mais n'est-ce pas un temps grammatical ? À moins d'opter définitivement pour l'algèbre, les formules, le langage mathématique, il n'y a pas de temps dans le langage mathématique, des plus, des moins, des supérieurs, des antérieurs et des postérieurs, mais ceci relève du nombre, pas du temps. Le temps, un nombre ? Cinq ans ? Six ans ? Sept ans ? Neuf ans ? Ou quarante-deux ? Est-ce le même nombre ? Au fond, est-ce le même nombre ? Oh non, elle ferait bien

1. Friedrich Nietzsche, *Considérations inactuelles*.

des différences entre sept et neuf. Des différences qui sont des gouffres. Mais entre neuf et quarante-deux. Aucune. Des anecdotes. Un fourmillement d'anecdotes. Avec en plus, en excès, autre part, des histoires qui se racontent dans un autre langage, l'amour, les enfants. Un cœur qui se serre atrocement, mais pas sous l'effet de la terreur. Voilà. Des tempos singuliers. Encore.

Écrire sans temps pour un dossier sur le temps, c'est une démonstration implacable. Mais ce n'est pas possible, dès que la phrase commence elle se conjugue. Ça s'appelle un destin. Et que vaut un destin aux yeux d'un consortium de l'édition ? D'un groupe de presse qui vient de racheter le magazine scientifique de « vulgarisation », dernier bastion d'un idéal, et qui fait des économies en rachetant des plateaux, y important le personnel, des journalistes, des chercheurs, des gens qui ont eu quelque chose à voir avec la pensée, peut-être même avec le sens, leur créant des frontières symboliques en jouant avec le mobilier – ici, ça ressemble à un couloir, on dirait qu'on serait dans un labyrinthe, on dirait qu'ici ça serait ta maison, et là la mienne, entre les deux des routes, des ponts, des passages souterrains, tout ça sur un espace plane et homogène ; en privatisant la machine à café : il faut mettre des pièces de monnaie pour obtenir un expresso, ou un lungo, ou un cappuccino, enfin des boissons en *o* dans un gobelet en plastique qui ont à peu près le même goût, à force de couler, à force d'être sollicitées, grâce aux cinquante centimes et aux pièces d'un euro, de deux euros, car la machine rend la monnaie. Fini la cafetière à filtre, fini même la machine Nespresso, à la question *What else*, il y a : la machine à café, comme sur les autoroutes, pour que les salariés soient contraints de sortir leur porte-monnaie afin de s'offrir un petit remontant. Remontant dégueulasse, mais pause, temps, temps contre la machine, temps facturé à la machine. Certains débarquent avec leur Thermos, et du café pour toute la journée, ils partagent, parfois. Une résistance s'organise. Par Thermos interposées. Elle a ses limites. Si le dossier n'est pas rendu dans quatre jours, on pourra observer les limites de la résistance de la Thermos.

Mais elle est forte, elle sait elle-même se transformer en machine. Il suffit de fermer les uns après les autres les accès à autre chose que le « but », Vincent, facile, elle le hait, Mina, plus compliqué mais elle a sa vie, Augustin, plus compliqué encore, mais il a ses copains, et puis ils ont leur père, beau-père, enfin ce qui fait office d'autorité et d'amour, pour les autres, aucun effort, ne pas lire les messages, ou s'en amuser sans répondre, et travailler jusqu'au bout de la nuit, elle l'a fait tant de fois, tant de fois elle s'est transformée comme les Transformers, de voiture en robot géant – au fond, changent-ils tant, sinon de forme ? –, elle, de visage humain en voiture, en voiture supersonique, voiture du futur sans portes ni fenêtres mais qui va, peu importe le carburant, elle va. Elle va vite, elle va droit au « but ».

Facile. Franchir le mur du son. La vitesse de la lumière. Annihiler le temps. Facile. Piétiner les gens qui vous entourent, les nier tout simplement. Facile. Devenir une machine. Aux ordres. Et jouissant d'obéir aux ordres. Une jouissance insoupçonnée des révolutionnaires, des émancipés, de ceux qui écrivent des tribunes ou descendent dans la rue. Mais au fond, eux aussi obéissent aux ordres, ce ne sont pas les mêmes, c'est tout. Les ordres sont partout, il y a un ordre dominant et un ordre dominé, parfois, la domination crée du désordre. C'est néanmoins une question de hiérarchie. Ceux qui descendent dans la rue seront les premiers à donner des ordres. S'ils y arrivent. Ce n'est pas si simple. Il faut se sentir investi pour donner des ordres. Il y a beaucoup de gens qui souhaiteraient avoir cette charge : ordonner. Mais il y a aussi beaucoup de gens qui aiment obéir. C'est comme ça. Elle aime obéir. Elle rit à l'idée qu'on entende sa théorie, elle rit de ceux qui lui expliqueraient – domination sociale, patriarcat, ancestralité, acculturation, déconstruction des dogmes et des habitus, tu es une victime –, elle rit, une victime ? Mais de qui ? De quoi ? Pourquoi devrait-elle être une victime, et surtout, pourquoi s'en glorifier ? Qui sont tous ces gens qui s'apaisent dès lors qu'on leur reconnaît une souffrance, et qui peuvent brandir, dans ces mêmes rues où les mécontents descendent, leur statut de victime, intouchable, sacrée – devant lequel tout le monde s'agenouille. Une victime ! Oh mon Dieu une victime ! Elle a tous les droits, elle doit nous parler, nous orienter, nous dire ce que nous devons penser ! peut-être même sommes-nous des bourreaux ! Oh, une victime ! Quelle merveille ! Mais comment atteindre l'orgasme ? Une victime peut-elle nous faire atteindre l'orgasme ? Oui, si nous sommes les bourreaux ? Mais si nous l'adorons comme victime, promettant d'être à notre tour des victimes, d'identifier chaque moment de notre vie où nous serions bourreaux ? Par où atteindrons-nous l'orgasme ? Il faut bien des victimes et des bourreaux, et les tout désignés, les horribles, ne suffisent plus à nos fantasmes – ils sont trop… clichés, trop faciles comme bourreaux, trop évidents. La perversité a déserté, misère. Que vont donc devenir le sexe, et l'amour, et l'amitié ? La perversité a déserté ? Où va se cacher le désir ? La folie ? Nulle part. Il faut être correct ! Nous baliserons toutes les routes, tous les chemins, les astres, les millions d'astres ; nous baliserons les ports, les avenues, les capitales et les campagnes : nulle perversité ici, ni là, nous arrivons avec nos contrats et nos clauses, nos parapheurs et nos stylos, nos alinéas numérotés – mais qu'est-ce que vous croyez ? Pour le reste, le vice peut bien s'exercer dans les interstices, on lui laisse l'enfance. En échange, on pourfendra toute atteinte à son égard, on la pourfendra en pleurant, en hurlant, pour rameuter les foules, les foules suivront : qui aurait à perdre à ne pas sanctifier l'enfance ? Qui ? Les combats sont perdus d'avance, tout le monde est d'accord, tout le monde est complètement d'accord, il n'y a plus de combat, la morale on est d'accord, la morale gagne les urnes, on est d'accord pour ne pas faire de mal aux enfants, on est d'accord pour ne pas faire de mal, on est moral, on est citoyen, on vit dans un monde qui a éradiqué le passé, le passé ne sert qu'à être jugé, et l'on se sent bien de vivre au présent – temps éternel. On fait circuler des pétitions : contre le mal, pour le bien. Contre le passé, pour le présent. On fait des commentaires aussi, et ça tourne, ça tourne, ça « fait le buzz », le mal c'est mal, le bien c'est bien, et on élit Trump, et on élit Bolsonaro, mais le mal est toujours mal et le bien toujours bien, on met l'intelligence au service de la morale, on se met au service des autres, sa pensée au service de l'opinion des autres, on identifie la morale à l'opinion des autres. Et après, qui peut penser qu'on ne jouit pas à obéir ?

Lucie se met à rire. Elle fait partie du plus grand nombre, au fond : la passion d'obéir. Mais elle au moins le sait, elle sait qu'elle a renoncé à toute forme d'autonomie, comme tout le monde, toute forme de révolte, d'émancipation. Même l'émancipation est un terrain miné, trop « intertextuel », trop sédimenté. Elle est comme les autres, à la différence qu'elle le sait, elle sait qu'elle veut tomber toujours plus bas, encore plus bas, mais aucun lapin à gousset. Celui qui l'a inventé serait brûlé sur le bûcher de la morale. Les gens ne savent plus ce que c'est que tomber.

Myriam repasse devant elle, les yeux rouges. Serait-ce sa faute ? Mettrait-elle en danger six personnes ? Plus ? Neuf, en comptant sa famille ? Ce n'est pas ce qu'elle veut, non ce n'est pas ce qu'elle veut. Elle va travailler plus s'il le faut, laisser un SMS à Vincent : « Je vais rester au bureau tard. Explique aux enfants. Il faut que je boucle. » Et une émoticône, mais laquelle ? Le plus neutre, le citron qui sourit ? Le chat qui embrasse ? Les lèvres ? Le cheval ? Rien. Les émoticônes sont des pièges. Elles disent trop ou pas assez, elles ne servent que de raccourcis, mais les raccourcis doivent bien raccourcir quelque chose. Et qu'en est-il de la sauvagerie-libérée-rancune-haine-amour-absolu ? Y a-t-il une émoticône pour cela ? Que font les graphistes ? Ils n'auront rien. Et ce sera la faute des graphistes.

Espérer que la fin du monde, tant annoncée, arrive avant sa fin propre. Pour ne pas avoir à prendre de décision.

Ou qu'il se passe enfin quelque chose.

Quelque chose de véritable : la violence pure.

Qu'on y revienne, à l'origine. Pour y puiser les forces du combat. Mais on en est trop éloigné. On l'a oubliée alors qu'elle gronde sous les nappes phréatiques que ses larmes ont remplies.

Espérer la fin du monde avant la fin du dossier sur le temps ? C'est mesquin, mais quand même, une petite aide – quitte à ce que ce soit celle, incontestable, de la Terre qui explose – serait la bienvenue.

S'y remettre, travailler en fermant les orbites, faire barrage au flot de détritus accumulés et au courant de boue.

La petite fille prisonnière de la boue devant les photographes qui bombardent. La petite fille qui va mourir là, enterrée vivante, mais qui voit car son visage surmonte la coulée, qui voit ceux qui la voient et qui ne peuvent rien faire, disent-ils, qui voit dans leur regard que c'est la fin, la fin de son monde, donc la fin du monde. La fin du monde des petites filles. Des monstrueuses petites filles.

Des petites filles qui voient. Les hommes se presser contre leur corps. Les hommes montrer leur nudité. Les hommes en qui elles ont confiance. Les adultes se mentir. Se trahir. Les adultes les regarder sans les voir, ou les observer comme des objets. Elles voient mais elles ne peuvent pas dire. Cassandre les a précédées. Et elles se souviennent. Elles connaissent les châtiments. Mais on pensait qu'Héloïse échapperait au destin de Cassandre, car son langage n'appartenait pas à celui des adultes, ils ne la comprenaient pas aussi bien qu'elle, Lucie, la comprenait. Ils étaient obligés de traduire : un enfant qui naît dans une langue étrangère, c'était un bon coup qu'elle leur avait fait. Parce qu'elle avait décidé de naître ainsi, mais ça n'avait pas suffi. Cassandre les avait rattrapées. Elles avaient compris qu'il fallait enterrer dans la boue ce qui en était sorti. Les flaques d'essence, les images, et le corps coupé volé, comme l'image vole l'âme chez des peuplades primitives. Là, on avait volé l'image. Impossible de se faire une image de soi-même, pleine et cohérente. Les corps ont été morcelés, puis éparpillés, à charge pour chacune et ensemble peut-être de récupérer les morceaux, et recoudre. Mais les filles ne sont plus ce qu'elles étaient. La couture, c'est fini. Elles connaissent les mathématiques, les parents ont veillé à les mettre sur le droit chemin. Les ménagères, c'est bon pour les romans du XIXe siècle. On n'est pas des mauviettes. Volonté, volonté, volonté, personne ne se piquera à l'aiguille. On ne pense pas à soi, on regarde vers l'horizon, le lointain, et on voit grand. On pourrait même chanter un chant scout si Héloïse et Lucie n'avaient pas refusé d'aller dans ces camps d'« émancipation », et leur refus avait tenu contre toutes les pressions. Plus jamais elles ne dormiraient dans une cabane en bois.

« Parlons d'abord de la lumière. Historiquement, les physiciens ont longtemps balancé entre les représentations contradictoires d'une onde et d'un flux de corpuscules. Mais dès la moitié du XIXe siècle, à la suite des travaux de Fresnel et de Foucault, il semblait définitivement acquis que la lumière était de nature ondulatoire[1]. »

Ou parlons de l'obscurité.

Il faut tout reprendre.

Par ordre chronologique :

La mécanique classique, Archimède, Galilée et Newton, la mécanique quantique, vite, il faut arriver au principe d'isolement. Pratique de la dissociation. Isoler le corps. Isoler l'âme. L'un à droite, l'autre à gauche, mais à la gauche de qui ? Le corps dans le temps, l'âme dans l'espace. Où est-ce le contraire ? Mais l'âme ne vieillit pas. Elle reste dans la cabane, tandis que le corps a tellement voyagé.

La tête de Lucie repose sur son bureau, ses yeux sont fermés. Elle dort. Non. Elle n'arrive plus à la tenir. La tête repose épuisée sur le bureau plutôt que sur le cou. Elle peut bien faire une pause non ? Myriam l'observe. Peut-être faut-il prévenir son mari ? Elle n'a pas l'air d'aller bien.

« Lucie, tu veux que j'appelle ton mari ? »

Lucie se relève d'un coup.

« Non ! Pas la peine, je faisais une pause. J'ai le droit non ?

— J'ai l'impression que ça ne va pas, j'ai… je veux pas, enfin on a tous une responsabilité non ? La surcharge de travail, la solidarité, et si tu tombes là, comme ça, on devient coupables de ne pas t'aider, non ?

— Tu n'es coupable de rien. Tu n'es pas responsable de la Dordogne, ni de l'Hôtel-Dieu et de tous les morts

1. Jean Reigner, « Réflexions sur l'espace et le temps, en physique classique et quantique », *Annales de la Fondation Louis de Broglie*, vol. 29, hors-série 1, 2004.

que n'ont pas sauvés mes parents ! Ni de tous ceux qui se sont fait sauter la cervelle ! »

Myriam a peur, elle recule.

« Tu ne peux pas être responsable de tout, sinon tu serais Dieu ! Et franchement, qui a envie d'être Dieu aujourd'hui ?

— Je vais appeler Vincent.

— Mais appelle-le ! Que veux-tu qu'il fasse ? Qu'il me sauve, qu'il nous sauve tous ? Est-ce qu'on est en guerre ? Tu penses que les hommes doivent sauver leur femme, qu'ils sont le salut, c'est ça que tu penses ? Mais pourquoi j'aurais envie d'être sauvée ? Qu'est-ce que vous avez tous ! »

Lucie se lève et marche dans les couloirs qui n'en sont pas, hors d'elle, la vague de violence n'est plus contenue que par quelques digues, des digues aussi ténues que les murs inexistants de l'open space. Un vigile arrive. (Mais d'où ? D'où sortent les vigiles, eux qui habituellement se tiennent droit à l'entrée du magasin U en essayant de se trouver une contenance pour faire oublier qu'ils ne feront rien de toute la journée sinon être là pour rappeler l'ordre et la possibilité du désordre. Et si désordre il y a, ils ne seront d'aucune utilité, mais au moins ils ont un boulot, ils ont un costard, ils gardent le magasin U. Mais qui va braquer un supermarché ? Emporter avec soi des choux-fleurs, et risquer sa vie pour des avocats même pas mûrs ?) Le vigile est bien là et la tient fermement entre ses grandes mains. L'homme tient et serre, et secoue, tais-toi, taisez-vous, les grandes mains de l'homme qui remontent sur son cou, il va la tuer. Il la fait asseoir sur une chaise, en lui glissant des mots gentils, des mots hors de propos et si gentils. Les larmes remontent, elles débordent. Myriam a appelé Vincent qui arrive d'ici une demi-heure. En attendant on lui donne un Xanax, ça tombe bien il y en a dans son sac. Rester avec le vigile gentil, dans ses mains douces et gentilles, rester gentille. Chut. Tranquille. Tranquille et gentille. Ne plus crier. Rester calme et tout se passera bien. Si vous restez calme, tout se passera bien. Mais il fait nuit. Parlons d'abord de la lumière.

*

* *

Elle se réveille dans sa chambre, entourée de ses enfants et de Vincent. Elle se sent toute cotonneuse, sans doute des molécules injectées dans les veines. Elle cherche les trous. Il y a bien un pansement dans l'angle du bras. Ils croient la calmer comme ça ? La colère reprend, aux ordres. « Je ne veux pas rester là, dans cet appartement sinistre ; je dois terminer mon dossier. » Vincent exige des enfants qu'ils sortent de la chambre. Elle n'a pas eu un regard pour eux. Rester dure, ne pas céder à la sensiblerie (aux sentiments ?), ça ramollit.

« Je vais me lever et terminer le travail. Personne ne le fera à ma place.

— Je crains que ce ne soit trop tard, Lucie. Ton rédacteur en chef est prévenu. Tu es en arrêt maladie depuis une heure. Myriam récupère le dossier. Tu vas te reposer, contrainte et forcée. Mais je ne veux pas que tu restes seule. Le médecin a dit qu'un internement de quelques semaines te ferait du bien.

— Un internement qui fait du bien ! À quoi tu joues ? crie Lucie. Tu connais un internement qui fait du bien ?

Tu sais ce que c'est que d'être interné ? Prisonnier ? Tu t'y connais en camisoles ?

— Calme-toi ma chérie. Il n'y a plus de camisole, et oui, je m'y connais un peu. Pour autant, je n'ai pas plus envie que toi de cette solution. Je suis prêt à trouver la meilleure, mais pour ça, il faut que je puisse te faire un minimum confiance. »

Obéir, oui. Mais faire confiance ?

La cabane

Vincent a loué un Airbnb sur les bords de la Dordogne, séparé du fleuve par la route, qui est très peu passante. C'est une toute petite chambre dans une maison habitée, avec entrée indépendante, toilettes et lavabo. Une chambre avec tomettes, du papier peint aux motifs des fables de La Fontaine, les combles mis à nu et une fenêtre donnant sur la Dordogne. Une retraite. Un retour. À deux kilomètres se dresse la maison d'enfance de Lucie, vendue depuis la mort de sa grand-mère.

Il l'a installée là pour une semaine – reconductible si l'expérience est concluante. Elle a promis. De ne pas se jeter dans le fleuve, de ne pas avaler de poison, de ne pas se trancher les veines. C'est une promesse solennelle, il l'appellera deux fois par jour et elle sera obligée de répondre, sinon il débarquera immédiatement, non sans avoir averti les habitants de la maison. Le contrat est validé de part en part. Lucie est exsangue, elle va peut-être passer une semaine à dormir. Ou peut-être pas. Vincent la serre tristement contre elle avant de repartir. Elle est triste elle aussi, mais absente à l'étreinte. Avant qu'il ne disparaisse complètement elle lui rappelle d'embrasser ses enfants, de leur redire qu'elle les aime, qu'ils n'y sont pour rien, qu'elle reviendra vite. Vincent la rassure et lui envoie un baiser du bout des doigts. Les enfants. Ses enfants absolus. Qui ont dépassé l'âge qu'elles avaient lorsque. Cette enfance qu'elle vient rechercher ici, pour voir s'il en reste des traces, ou si elle hante seulement les lambeaux d'une mémoire abîmée à force de n'être plus partagée, plus partageable. Une mémoire amputée de son autre témoin, lourde à porter seule, inutile à ne pas être rejouée, morte peut-être, spoliée par leur abandon. Héloïse et Louis ont abandonné sa mémoire, l'ont fuie, ont tâché de la détruire, et elle reste, survivante et désormais responsable de leur mémoire à trois. Pourquoi elle ? Pourquoi lui ont-ils légué cette responsabilité-là ? S'en délestant sans même la prendre en considération, elle seule, et trois enfances, elle seule et leur langage silencieux, l'invention de signes, l'invention de rires.

Des rires qui partent comme des départs de feu, des fusées de feux d'artifice mais qui n'éclatent pas : seulement des départs, jamais de bouquet final, pas d'apothéose, ou des apothéoses rentrées, des acmés irrésistibles parce que rentrés, des fous rires intérieurs scandés de borborygmes qui agitent tout le corps, convulsé. Sous le grand arbre (un hêtre pleureur ?), elles aménagent un restaurant, tables, chaises, tout cela fabriqué par Louis, le charpentier. Et proposent des petits gâteaux, confectionnés avec leur grand-mère dans la vaste cuisine où une ancienne cheminée avait accueilli en d'autres temps des flambées géantes car on aurait pu y cuire une famille entière. Elles disposent les gâteaux sur des feuilles, il y a la serveuse, la cliente, et le mari de la cliente ou le propriétaire du restaurant, ça dépend. Parfois, il y a le maire de la ville. C'est Lucas. Il faut servir en grande pompe. Le goûter ne se prend que selon un cérémonial parfaitement calqué sur les gestes sociaux d'adultes qui ne jouent plus. Et tout est ainsi, tout est décor, amovible, car sous l'arbre on peut aussi faire des veillées, jouer à l'amour, ou se cacher. On peut rêver de Lucas, il est beau, même s'il est étrange. Il ne les aime pas, reste toujours seul, loin d'eux, il les méprise, il a huit ans de plus, neuf peut-être, c'est un quasi adulte. Quand Louis et Lucas partent – ils partent toujours les premiers –, Héloïse et Lucie restent seules, et changent insensiblement d'univers. Celui des adultes se désintègre au fur et à mesure, pour laisser place au leur, qui s'épanouit sous des toits : toits de tente, toits de carton, toits de draps. Leur univers caché. Les récits de leurs avenirs, les récits de leurs personnages, et les mains qui volent, qui touchent, qui s'affolent, qui frappent parfois. Quelque part, la grand-mère, toujours là, au bout d'un appel, jamais éloignée d'un appel. Leur enfance. À quelques kilomètres de cette chambre où Lucie se retrouve seule soudain, tandis que Vincent a fermé la porte et qu'elle a entendu le gravier crisser sous les roues de la voiture. Seule et épuisée. Au lieu de laisser monter l'angoisse, tapie et impatiente, elle ouvre le lit, se glisse sous la couette. De son bras, elle fait un piquet de tente et reste ainsi, un long moment, pour s'approprier ce nouvel espace, plus petit encore que celui de la chambre, plus noir, un espace pour poupée, mais il faudrait une lampe torche et elle a mal au bras, des fourmis lui remontent au bout des doigts. Faut-il rester encore longtemps ? Faut-il que le sang se vide jusqu'au bout ? Et ne plus le sentir, un bois mort, qu'on peut couper sans effusion de sève, elle le fait tomber. Pan. Bras désormais horizontal. Où le sang afflue à nouveau, trouvant son chemin aisément mais avec impatience. Elle l'observe, les yeux fermés, attendant le sommeil dont elle espère beaucoup. Il vient.

Elle a prévu une promenade après le petit déjeuner, jusqu'à la maison de sa grand-mère, les propriétaires sont, paraît-il, absents. Ce sont les habitants du logis qui le lui ont dit. Tout le monde se connaît par ici. On connaissait aussi sa grand-mère, ou du moins en a-t-on entendu parler. La famille chez qui elle loge est arrivée après le décès et la vente. Les histoires circulent. Les maisons dans ce coin ont le temps de garder des histoires. Elles ne passent pas de main en main en un clin d'œil. Ce sont des vies entières qui s'y écoulent. Parfois, elles restent à l'abandon, ou en pause hivernale pour être à nouveau habitées dès les premiers beaux jours. Elles observent, silencieuses, le cours de la Dordogne et le cours du monde. C'est à elles que Lucie voudrait s'adresser, en appeler à leur mémoire. Peut-être pourra-t-elle entrer dans le jardin, ce n'est pas difficile, il y avait un trou dans le mur, jadis. Et s'il est réparé, il suffit de passer par le fleuve. Emprunter le canoë des propriétaires. Et naviguer. Il fait encore trop froid pour se baigner. Mais elle pourrait marcher, en relevant les jambes de son pantalon, pieds nus dans la vase et les algues vertes. Mais sur la tête de qui les jeter ? Ces batailles englouties… Près de Castillon-la-Bataille, où pullulent les rues de Montaigne, ces noms, et ces parfums, la vase remuée, lourde et lente, à la force d'inertie sans commune mesure, Beaulieu, la Vierge et l'Ange, Château Sauvage et Barrail-de-Fer, et les vignes à perte de vue, les chais et les cuves, les pieds qui piétinent le marc comme dans les peintures du XVIIe siècle, les roses qui annoncent la bonne santé des fruits, Poinçonnet et Bonalgue. On descend à Libourne, après avoir fait escale à Bordeaux. Mamie les attend dans sa deux-chevaux. Avant, elle venait les chercher à la gare Saint-Jean. Au fur et à mesure des années, la circulation s'est intensifiée à la sortie de la ville en même temps qu'elle aimait moins conduire. Ça ne dérangeait pas les petites filles d'attendre la correspondance. Ça faisait partie du voyage. D'abord avec les parents. Puis seules. Si elles passaient des nuits dans un appartement vide, elles pouvaient bien trouver le bon train, y monter, et descendre à la bonne station. Caché-Cocu, Bastouney, Pan Perdu, les Faunes, et plus loin Vieille Cabane. Remonter le fleuve à la nage, s'épuiser, reculer, atteindre la berge. Le corps vigoureux des petites filles. Les cheveux pleins d'algues vertes. On va de l'autre côté du fleuve, en nageant. Là-bas, nulle habitation, les terres sont inconstructibles. *Terra nullius*. *Res nullius*. Absence temporaire de droits légitimes affectés à ces espaces. Leur Amérique ? Mais les « biens sans maître » ont accueilli le déferlement de violence prédatrice des colons. Les armes. La maladie. Le métal. Et les Indiens sont éradiqués. Belliquet, Bozelle, Barrail-de-Baron, des places fortes, d'où l'ennemi viendra. Mais non. On domine la plaine, plate plaine. *Vieille Cabane*. On dirait des marais sur lesquels ont poussé des arbres ressemblant à de grandes racines, des plantes s'entremêlent, hostiles, on avance petit à petit, puis on recule, on essaie un autre chemin, on replonge dans l'eau, et l'on rentre chez soi. De l'autre côté du fleuve. C'est interdit. Mais on y va quand même. La deux-chevaux se gare sous l'auvent, le son des graviers les accueille. Les petites filles sortent de la voiture, les membres engourdis par ces heures de transport, mais le cœur va leur sortir de la poitrine, c'est l'été qui commence, la vie, la vraie vie, la seule enfance qui vaille ! Ici, sur les bords de la Dordogne, loin de Paris, du bruit, de la solitude, des nuits à attendre, des longues soirées à faire ses devoirs, des trajets quotidiens identiques, temps grippé, recommencement du même, et la fatigue toujours dès l'aube, l'obligation de se lever, de s'habiller, de manger, de sortir, de travailler, de manger, de travailler, de rentrer, comme une boîte aux compartiments complexes, un mécanisme d'horloger, tic-tac tic-tac, qu'on remonte et qu'on réenclenche, et la vie absente. Le parfum des hortensias leur saute au nez, et leur couleur ! violets, blancs par bouquets épanouis, cachant le mur de la maison, à hauteur d'épaule, de leurs épaules, encore petites. Où aller en premier ? Potager ? Cuisine ? Chambre. Mamie gronde : « Portez vos valises et défaites vos affaires. Je veux que tout soit rangé. » De la voiture à la maison, on aperçoit le fleuve, et déjà les remugles de vase… puis on entre, une brioche cuit au four, on monte à l'étage, et c'est une révolution de parfums, le bois de l'escalier, l'humidité de la pierre, le tapis où dort le chien, même le froid du couloir a une odeur particulière, les mains caressent les murs, le sol, il faut se réapproprier chaque parcelle, puis les poignées de porte, et enfin le lit, recouvert d'un pardessus en lin, et d'une couverture tissée moitié laine, moitié coton, sur laquelle on jette la valise. On va à la fenêtre, on l'ouvre, pour voir sans obstacle la Dordogne couler. Lucie se penche, Héloïse derrière elle s'appuie sur son dos, lui monte dessus pour voir, elles se poussent, elles se serrent, finalement elles entrent toutes les deux dans l'encadrement de la fenêtre. Elles respirent, lentement, longuement. Elles respirent.

Une fois rassasiées, elles ouvrent les sacs et plient à la va-vite leurs vêtements d'été. Les pulls de l'année dernière les attendent en haut de l'armoire, le soir, il fait frais. Un étage pour Lucie, un autre pour Héloïse. Héloïse est plus grande de taille. Elle prend celui du haut. Au bout d'un jour les affaires se mélangent. Elles changent tout de suite de chaussures. Ôtent leurs chaussettes. Fini les chaussettes. Elles marcheront pieds nus ou en sabots. Elles ont aussi leurs chaussures en plastique pour la baignade et remonter la pente jusqu'à la maison : des cailloux se mélangent à l'herbe, on peut se faire mal. Surtout en début de vacances, où la corne n'est pas encore formée. Il y a tant à faire qu'on ne sait pas quoi faire. Pas le premier jour. On en viendrait presque à s'ennuyer. On voudrait que l'évidence revienne, tout de suite, sans passer par le temps d'acclimatation, mais celui-ci est à chaque fois une redécouverte, on ne s'en passerait pas non plus. On attend avec impatience chaque heure parce qu'on sait ce qu'elle réserve. Mais celles de l'après-midi sont creuses quand on ne les remplit pas. Louis n'est pas encore arrivé, sa mère le dépose la deuxième quinzaine de juillet. Parfois elle laisse Lucas. Alors elles aident mamie au potager, puis à la cuisine, mettent leurs gestes dans les siens, quotidiens, pour y entrer plus rapidement, et s'en revêtir si totalement que plus rien d'autre n'existe, ni Paris, ni l'avant, ni la rentrée, ni le métronome et le tic-tac, ni l'absence de vie.

Mais il faut un peu de temps pour se délester de l'exosquelette, et reprendre chair, sa chair. Un peu de temps pour se retrouver aussi. Elles ne sont pas les mêmes en Dordogne qu'à Paris. On dirait qu'elles sont plus vraies.

Et pourtant c'est là que. Dans la chair. Dans le plus vrai. Que la blessure a eu lieu.

A-t-elle anéanti la chair ? Le plus vrai ?
Non.

La blessure sera exportée à Paris, livrée là-bas, envoyée par colis. Ici, on garde les mains jusqu'au fond de la terre et on s'attache aux racines, personne ne pourra nous enlever. Il faudrait couper les mains. Ici on revient et on meurt peut-être, mais c'est chez soi, le fond de son âme, le fond de son enfance. Elles ont tenu bon. Jusqu'à ce que l'enfance disparaisse, derrière les études et les petits amis, l'obligation de l'avenir – métier, projets, voyages peut-être, le remplissage habituel.

Mais l'enfance a-t-elle disparu ? Les adultes, oui, ils sont morts. Ils se sont donné la mort. Mais l'enfance ?

Elle vient la chercher ici, pour voir. Pour sauver quelque chose, peut-être. Replonger les mains dans la terre et atteindre les racines. Il faudra alors choisir : couper d'un bon coup ou rester, coulée de boue, prison de la terre, l'enfant qui meurt étouffée, mais qui voit. Rompre avec la Dordogne ? Est-elle venue pour ça ? Peut-on rompre pour retrouver ou retrouver pour rompre ? Elle a besoin de ce temps avec le fleuve. Vincent l'a compris. C'est même lui qui lui a suggéré cette retraite.

Le manteau boutonné jusqu'au cou, elle traverse la route goudronnée et descend vers la berge où est attaché un canoë en plastique orange. Elle a mis des bottes, et patauge dans l'eau avant de défaire le nœud de la corde. Elle monte dans le canoë qui tangue, se souvient très exactement de l'équilibre qu'il faut former avec le bateau pour ne pas verser. Il est si léger que chaque mouvement s'imprime au centuple, elle n'a plus le corps agile de l'enfant de neuf ans. Il a dû la quitter. Mais elle parvient à s'asseoir sans que la coque ne bouge trop. Va-t-elle tout de suite aller du côté de chez mamie ? Il faut laisser du temps, comme lorsqu'elles arrivaient, le premier jour, laisser du temps au lieu pour qu'il s'immisce en vous, à sa convenance. Ne pas tout vivre d'un coup. Nous sommes des êtres temporels. Le temps. Assujettis au temps. Nous ne pouvons pas vivre tout d'un coup. Dans une fulgurance, une explosion, car dans ce tout les choses perdraient leurs contours, et ce serait la confusion ; la boule incandescente de toutes les minutes ressaisies en une seule, compressées, condensées, comme dans une expérience chimique : mais alors ce tout serait un rien. Qu'il faudrait redéployer, instant après instant, et que le temps advienne. Alors la vie serait là, à nouveau, et chaque séquence de l'été pourrait être reparcourue, comme on récite un poème.

Souvent, pour s'amuser, les hommes d'équipage
Prennent des albatros, vastes oiseaux des mers,
Qui suivent, indolents compagnons de voyage,
Le navire glissant sur les gouffres amers.

À peine les ont-ils déposés sur les planches,
Que ces rois de l'azur, maladroits et honteux,
Laissent piteusement leurs grandes ailes blanches
Comme des avirons traîner à côté d'eux.

Ce voyageur ailé, comme il est gauche et veule !
Lui, naguère si beau, qu'il est comique et laid !
L'un agace son bec avec un brûle-gueule,
L'autre mime, en boitant, l'infirme qui volait !

Peut-on faire mine de réciter à l'envers ? Car si le temps n'existe pas, alors Baudelaire n'existe pas non plus. La Dordogne ne coule plus d'est en ouest, elle s'amuse à changer de sens, et l'on termine sur « Souvent, pour s'amuser, les hommes d'équipage… », ce qui n'est pas une fin, mais plutôt un début, le début du poème qu'elle récitait chaque matin de CM2 et qu'elle avait voulu traduire à Héloïse, mais ça ne donnait rien, sinon l'image des ailes qui traînent dans l'eau, comme les rames du canoë, charriant derrière elles des algues, tandis qu'elles sont fatiguées de pousser, de tirer, les mains meurtries de cloques, les épaules brûlées par le soleil, pourtant il faut rentrer, mamie va s'inquiéter. Elle inventait des gestes pour coller au plus près à ce qu'évoquait en elle la poésie de Baudelaire. Au fond qu'est-ce qu'en comprenait Héloïse ? L'essentiel. Elle en était persuadée. Puisqu'elle lui demandait de la réciter à nouveau, avec les mots et avec les mains, pour suivre sur les lèvres et comprendre en même temps. Elle la lui avait recopiée, mais les mots écrits sont morts, ils offrent des images, c'est vrai, leur forme ne rend pas compte de leur sonorité. Il fallait s'en passer. Ce serait leur couleur, leur odeur, les mouvements de ses bras et celui des rames qui finiraient de traduire. Non, pas de traduire, mais de dire. Ils diraient *L'Albatros*.

Le Poète est semblable au prince des nuées
Qui hante la tempête et se rit de l'archer ;
Exilé sur le sol au milieu des huées,
Ses ailes de géant l'empêchent de marcher.

Et les petites filles sont semblables au poète. Elles n'ont peut-être pas d'ailes, mais elles sont empêchées. On ne les entend pas, on ne les comprend pas. On croit toujours traduire dans la langue administrative des adultes. On se trompe. On oublie si vite. Lucie n'a pas oublié, elle. Héloïse non plus, c'est sans doute cela qui l'a rattrapée. Le fond de la Dordogne, la vase remuée. Et *L'Albatros*.

Lucie va vérifier ce qu'elle a oublié, ou ce qu'elle a laissé là, qui continue d'agir, magiquement et à distance. Mais la magie est devenue noire. Les sortilèges parfois s'empoisonnent eux-mêmes. Elle a promis de s'en libérer, mais ce qu'elle veut, c'est sauvegarder l'enfance. Peut-on retrouver pour rompre, ou rompre pour retrouver ?

Elle accoste sur l'autre rive. Descend avec prudence et attache le canoë. Tandis qu'elle recherche les traces de leurs pas – trente-trois années ont cherché à les effacer –, tâtonnant de son pied les racines protubérantes et les feuilles pourrissantes dans l'eau stagnante, des phrases reviennent par blocs : « Que la conscience d'un processus sonore, d'une mélodie que je suis en train d'entendre, montre une succession, c'est là pour nous l'objet d'une évidence qui fait apparaître le doute et la négation, quels qu'ils soient, comme vides de sens », elle avance, manque de trébucher se rattrape au tronc tordu, « quand une succession, une variation, un changement de données immanentes "apparaît", il est aussi absolument certain », la peau s'écorche, une écorce s'est plantée dans la paume, « évidence temporelle », ça saigne, Lucie porte la main à sa bouche, le goût est ferreux, lamé et tourbeux, la conscience interne du temps peut être considérée comme « absolue ».

Husserl. Les *Leçons sur le temps*[1]. Tout remonte, et lui saute à la gorge. Les passages soulignés, les questions dans la marge. Ses pas la mènent jusqu'à la cabane, toujours là, ça n'a pas changé.

Elle ouvre la porte. Une odeur puissante de poisson pourri la saisit. « La spontanéité propre de la conscience ne fait qu'accroître, que développer le produit originaire, mais ne crée rien de nouveau[2]. » Elle observe, elle touche, mais rien, aucune image ne remonte, aucun souvenir. Seuls les mots défilent. Les mots d'un livre lus des années plus tard, puis oubliés.

*

* *

Lucie est assise au bureau face à la fenêtre. Elle écrit à Vincent pour avoir des nouvelles. Il y a le Wi-Fi dans la chambre. Elle pourrait lire les journaux, regarder les

1. Edmund Husserl, *Leçons pour une phénoménologie de la conscience intime du temps*.

2. *Ibid.*

informations. Mais c'est interdit. Elle ne doit pas se laisser distraire. Le passé est sans cesse menacé par le présent. Elle ouvre son carnet et écrit :

Je ne veux pas :
– Me laisser déconcentrer
– Me laisser démembrer
– Me laisser disperser

Mais il faut disparaître pour rejoindre la cabane.

La cabane m'a rendu Husserl.

*
* *

Deux fillettes enfermées dans une vieille cabane et un homme – un adolescent ? –, comme un faune puant, qui les attache et leur susurre des mots affolés. Elles l'ont suivi parce qu'elles lui font confiance, elles l'aiment. C'est le petit amoureux. Le petit amoureux fait mal aux mains, il déchire les poignets, il dénude. Au début elles rient, mais maintenant, pourquoi ça, pourquoi fait-il mal ? Et ces doigts qu'il enfonce dans leur corps. Ces corps qui se déchirent. Ils étaient complets avant, les corps. Ils se fragmentent d'un coup. La terreur, seule, dans la lumière tamisée qui filtre à travers les trous des planches et donne de la profondeur à l'obscurité. La peur ancestrale de retrouver le sort de la victime expiatoire, Isaac voit le couteau se rapprocher de lui, et même s'il accepte son sort, qui dira l'horrible certitude que sa vie ne vaut rien, que l'amour de ses parents est toujours conditionné, qu'on obéit à d'autres pour leur faire plaisir, mais que lui n'est qu'une monnaie d'échange, qu'il a perdu l'absolu et le royaume de l'enfance tout à la fois.

On pourra s'en remettre au Dieu le plus jaloux, le plus possessif, le plus légitime, Isaac n'oubliera pas qu'il a été sacrifié, qu'il a failli l'être, et c'est pareil. Il n'oubliera pas qu'il a été abandonné, pour une cause plus juste que sa personne. Les mourants dans les couloirs d'hôpitaux, les accidentés de la route, les hélicoptères qui atterrissent sur le toit des urgences, les camions de pompiers : plus important. La malnutrition, la guerre au Yémen et le travail des ONG : plus important. La complainte du monde, la joie sans retenue d'épouser la complainte du monde : plus important. Faire cause commune avec ceux qu'on ne rencontre jamais ; ou qu'on croise pour servir la soupe populaire, un soir. Plus important. Faire cause commune avec des gens qui vous ennuient, mais qui sont pauvres, incultes, barbares, mais si *touchants*. Plus important. La compassion pour n'importe quel souffrant, du moment qu'il n'est pas sous votre toit.

Tu préfères boire un verre de chassagne-montrachet 1996 devant une cheminée qui flambe enfin, ou servir la soupe populaire les 24 et 31 décembre ?

Les petites filles peuvent bien être terrorisées par quelqu'un qu'elles aiment mais qui veut les détruire, c'est leur destin. Au moins, à être objets de sacrifice, elles entrent dans le sacré. Elles deviennent « importantes ». Les autres petites filles ont été abandonnées pour moins que ça, dans les marges de l'oubli, violées, tuées, délaissées, pas vues ; aucun autel, aucune magie noire, elles ont été les marges, la vie nue, prêtes à être éliminées. Que leur est-il arrivé ? Rien peut-être. Un faune et ses gestes brutaux, maladroits, inquiets et fiévreux, un adolescent qu'elles aiment secrètement et qu'elles ne trahiront pas. Jamais. C'est leur secret. Les poignets meurtris, les bras qui saignent, la gorge serrée, la bouche calfeutrée, le Scotch qui tire, déchire la peau des lèvres, si fine à cet endroit, muqueuses irritées, cheveux collés qui seront arrachés, le bois contre le dos et les échardes, les chaussures perdues quelque part dans le marais, chaussures rouges en plastique pour la baignade – elles ont les mêmes, à une taille près. Héloïse en a gardé une. Une seule chaussure pour quatre pieds. Elles se font face, attachées l'une à droite, l'autre à gauche de la porte d'entrée. Elles ne peuvent plus communiquer, attendent. Le jeu est achevé, c'est sûr. Elles finissent par se voir dans la pénombre et attendent. Puis il revient, s'agite, déchire le maillot de bain. Mais que fait-il ? Qu'introduit-il à l'intérieur d'elles ? Des bouts de corps ? Des animaux ? Il est maladroit, ses gestes ne sont pas cohérents. Peut-être n'a-t-il pas l'habitude ? Peut-être est-ce la première fois ? Des bruits au loin, ceux de pas et de voix, le marais est recouvert d'arbres-racines, une sorte de forêt impraticable mais dans laquelle on a creusé des galeries.

Les voix se rapprochent, le faune a peur, il ne faut pas que les adultes sachent, il est prêt à leur couper la langue, les prévient, si vous parlez, et il fait le geste, il tire la langue, il approche le couteau, il recule, se terre au fond de la cabane, puis il sort en courant. Est-ce un jeu ? Comme elles y ont si souvent joué ? Un jeu dont les règles auraient légèrement changé ? Un jeu qui fait peur, dans la pénombre de la cabane et cette odeur de fauve diffuse dans la maison, mais ici si intense, comme un concentré de parfum auquel elles finissent par s'habituer, bien que le cœur battant, bien que hors temps, enfermées pour toujours dans cette cabane aux planches pleines d'échardes, il n'y a pas d'habitude possible de cette peur-là – même si elle habite le fond des âmes, tapie, prête à bondir ; la peur ancestrale, la peur de ceux qu'on cherche partout à quatre heures du matin, ils se cachent sous le lit, dans l'armoire, ils ne savent plus où se cacher, ils montent dans les camions. La peur des femmes dans les maisons, quand les armées pénètrent dans les faubourgs, les corps sont à la merci du vainqueur, trophées et récompenses, appropriation. La peur de l'enfant sous le lit qui entend le père battre la mère, prendre un couteau et le planter dix ou douze fois dans le sein, le ventre, le cou. La peur des petites filles qu'on envoie loin, pour ramener l'argent, dix ans, douze ans, corps livrés dans les allées des bois. La peur que tout se confonde, que le sens disparaisse, avec les contours, les objets familiers, la familiarité elle-même étrangère, et que rouge signifie noir, puis noir jaune, et que thé désigne l'eau saumâtre qui coule du robinet de la salle de bains, et vin le sang des nourrissons, et que cabane désigne la chambre de princesse, et chambre de princesse la cave de tortionnaire ; sans qu'on comprenne pourquoi, sans que plus personne n'énonce de règle.

La peur gratuite et sans objet de l'enfant seul dans le noir qui écoute les bruits des murs et des appareils ménagers, les pas au-dessus de sa tête, l'enfant a déjà vécu tout ça, les cabanes et les camions, les charters et les autels, les sacrifices sur la place publique ou dans les déchetteries. L'enfant a déjà vécu tout ça. Elles sont deux, et s'observent, devant leurs yeux, c'est l'histoire des petites filles éventrées et mangées qui défile, elles s'y attendaient depuis si longtemps, le faune est un personnage, il sent mauvais, et ses doigts sont fourchus, elles l'ont reconnu, les pas approchent et les voix des adultes, bientôt le jeu sera fini, il faudra sortir du sortilège, bientôt la peur cessera – momentanément. Puisque le faune habite sous leur toit.

Le jeu est fini et le faune deviendra un horrible petit bonhomme des contes de fées. Pas quelqu'un de réel. Non. Il faut oublier. Personne n'est capable de faire ça. À tel point qu'on se demandera si tout cela a bien eu lieu. Tout cela. Mais quoi ? Il ne s'est rien passé. Louis n'a rien vu. Héloïse n'a rien vu. Lucie n'a rien vu. Il ne s'est rien passé.

La peur a eu sa scène. La peur s'est enracinée. Elle a concentré en elle l'histoire de la peur dans cinq mètres carrés d'obscurité où filtraient quelques rayons de soleil, mouches, moustiques, la fadeur du marais, et cette odeur nauséabonde de terre pourrie, de boue et d'essence mêlées, humus pollué et transpirations aigres, l'odeur de sexe, aussi, mais comment le savoir.

Les pas se rapprochent, les voix aussi, la porte s'ouvre et la lumière les fracasse. La pellicule brûle, tout s'efface.

Lucas ne reviendra pas. À dix-sept ans, il préfère partir en Australie pour apprendre l'anglais.

Les adultes questionneront, sans vouloir savoir : « Maintenant, vous nous dites ! Vous racontez ! Après on vous laisse tranquilles ! » Les petites filles restent muettes, leur secret est bien à elles, elles n'en feront don à personne, ce serait se donner soi-même. Les spécialistes questionneront : « Pouvez-vous nous décrire les gestes avec précision ? Vous a-t-on touchées là ? Et là, ça fait mal ? » Jambes fermées, trésor scellé. Les journalistes, même eux, viendront questionner les parents qui les enverront paître, et ils feront le pied de grue devant la maison de Dordogne à la fin d'un été. Oh des petites filles, oh des culottes sales !

De la jouissance. Et du consensuel. Des petites fentes sans poils. Du consensuel. Tout le monde aime ça. Pour dire beurk le jour. L'écrire dans les pages du journal. Pourfendre le mal. S'indigner. C'est dégoûtant. Comment peut-on autoriser ? On écrit. Pourfendre le mal. Dire beurk. Mais demander des précisions.

Une autre peur s'empare des adultes. La peur de ceux qui craignent le réel, et croient encore qu'avec des mots choisis on peut l'éloigner. La peur de ceux qui savent, d'une obscure réminiscence, que le réel est cette violence même, mais qui ont passé leur vie à recouvrir ce savoir-là. Comme tout être civilisé. Comme tout être qui vit en société. Les faunes puants ne peuvent pas faire partie de la société, encore moins d'une même famille et de leurs amis, on les enferme dans des livres.

Mais avant neuf ans, tout le monde sait qu'ils continuent de hanter les rivages et peupler les marais. Sinon, pourquoi seraient-ils interdits ?

Et pourquoi jouerait-on à s'y rendre, en échappant aux regards des gardiens ?

Les adultes ont mis fin à la peur en l'encadrant dans un système de discours. Les petites idiotes se taisent, on n'en tirera rien. Et si c'était la preuve qu'il ne s'est rien passé ? Le soir, dès qu'elles sont couchées, la cuisine bruisse de discussions. Est-ce que ce n'est pas une invention de leur part ? Un jeu qui a mal tourné ? Oui mais les marques… Le Scotch… Les poignets liés… Et… le reste. Les enfants expérimentent des choses l'été. Mieux vaut ne pas entrer là-dedans, c'est leur univers.

Puis un soir, les discussions se sont taries. Ils ont dit : stop. Fini. On n'y pense plus. On fait comme si rien n'était arrivé. D'ailleurs, on ne sait pas ce qui est arrivé. Mais on porte plainte. On enregistre tout. On parle à des représentants de la loi. Qui vont mener une enquête. On passe deux journées à la gendarmerie pour raconter des bribes sans queue ni tête. On traîne les gamins dans la salle exiguë où un homme en képi tape à deux doigts sur une machine ancestrale, demande d'aller plus lentement, de reprendre le fil, d'être un peu plus cohérent, parce que là, ça ne passera pas ! Et de se rappeler, bon sang ! de se rappeler les détails ! Les horaires ! Entre quand et quand ? À quelle heure exactement ? On n'ira pas loin avec tout ça : les adultes n'étaient pas là – mais où étaient-ils d'ailleurs ? Dans leur chambre. D'accord. C'était donc l'heure de la sieste. Mais la fourchette est large. Quant aux enfants, on leur a coupé la langue.

On extrait de la tourbe des marais la peur-le faune-la cabane et le silence dans l'obscurité, pour l'importer dans les formulaires de dépôts de plainte, les procédures d'enquête, et plus tard dans les archives départementales.

Affaire classée, l'homme n'a pas été retrouvé, aucun indice, à part les traces des enfants, des quatre enfants, qui souvent viennent jouer dans la cabane des marais… L'une des petites filles est muette, l'autre ne se souvient pas. Quant au garçon, il est mutique. Même leur corps ne parle pas clairement. Il faudrait l'ouvrir pour cela et retrouver les animaux qui y ont fait leur nid. Louis a appelé les adultes, il pourrait raconter ! Louis est le pire des témoins. Le témoin est-il une victime ? Par contagion ? Ou contiguïté. Louis se sent responsable d'avoir vu. Sinon pourquoi l'alcool, la drogue, la fuite ? Mais au fait, qu'a-t-il vu ? Ou faudrait-il demander : qui a-t-il vu ?

La peur continue.

Du soleil trop cru. Des délais à respecter, du métro à prendre, des attentats, de la balle perdue, du dehors, de l'ascenseur, de l'autoroute, des gens qui vous suivent, des portes cochères, de la nuit seule dans une maison, des bruits même familiers, de votre nom lorsqu'il est crié dans la rue, des gens qui crient en général, et plus encore de ceux qui courent, la peur de la peur des autres. La fin du monde arrive, bien sûr, elle fait partie de la liste, ni plus ni moins. Peur de certains bruits, des serpents et des rats, de la forêt entre chien et loup, de répondre au téléphone, d'écouter le téléphone sonner dans le vide en ne voulant pas savoir ce qu'il nous annonce, la peur de l'annonce, du ton solennel que prend votre mari pour vous dire « Quelque chose est arrivé », la peur du prénom du fils qui s'affiche sur l'écran, de quoi souffre-t-il ?, la peur des numéros inconnus, de la sirène des ambulances au loin (encore un attentat ?), des bruits de tirs, mais la boucherie est en travaux, ils déposent les murs, la peur quand la fille appelle en pleurant, la peur du harcèlement, de l'humiliation, de la honte, la peur des petits dealers au coin de la rue, mais pas à n'importe quelle heure parce qu'en journée ils sont gentils, la peur de devoir parler en public, de montrer, d'avouer, d'être vu, la peur d'être invisible, puis de tomber, comme ça devant tout le monde, et de faire scandale ; qu'on montre votre corps à tous, étalé, nu, disséqué, et qu'on l'étudie. La peur de la douleur dans le sein, puis de la crampe dans le bras gauche, la peur de l'attaque, de la perte, la peur d'y retourner. De continuer. De tenir. De tomber. De ne plus y arriver. D'y arriver quand même et que, juste à ce moment-là, la bombe explose.

Le temps n'existe pas. La cabane est là, présente, irradiante. Et l'odeur du faune comme un arrière-goût permanent. Le souvenir du sacrifice. Comme ce qui lie tous ceux qui ont connu la peur. Le souvenir comme l'évidence même du Réel, le plus enfoui et le plus ancestral. L'éternel retour du sacrifice. Le sacrifice n'a pas de temps, ni passé ni futur, il est. À chaque fois recommencé. Présent comme l'être est présent. Comme le présent n'est plus une dimension du temps mais sa négation. Louis et Héloïse ont échappé au présent en rentrant dans le temps. Ils ont mis fin. Comme dans une histoire. Ils s'en sont même crus les auteurs. À ce point de bascule, où l'histoire s'arrête. Auteurs de la fin de l'histoire. Personne n'a osé trahir. Souffrir, mais pas trahir.

*
* *

L’écran du téléphone affiche un mail de Vincent. « Je pense à toi, je t’aime. Paris est en feu. Les manifestations se multiplient. Sous nos fenêtres, les bombes lacrymogènes n’en finissent pas d’exploser. On a pleuré toute la nuit. La boulangerie d’en face a brûlé. Sur le bitume, des montagnes de pneus, de barres de fer, il y a même un feu rouge. Qui n’est plus rouge du coup. L’Abribus s’est effondré en mille morceaux. Le collège est fermé, et le lycée bloqué. Mina et quelques autres se lèvent à l’aube pour ériger des barricades de poubelles. Les hôpitaux sont fermés. Les malades agonisent devant la porte des urgences. Les médecins s’acharnent à les sauver, sous la pluie. Ils attendent qu’on dératise les locaux. Les rats ont pris le pouvoir jusque dans les maternités. L’État ne se manifeste plus que par les CRS en armes. Ta mère est furieuse contre le chaos ; ton père dit qu’il fallait s’y attendre, et que de toute façon, ils vont tous crever. Tu connais son optimisme. Les enfants veulent leur révolution. »

Lucie relit le mail de son mari. L’embrasement a pris. D’ici jusque là-bas. De jadis à maintenant. L’embrasement. Les flammes avancent.

Regarder la date sur l’écran ? Se souvenir du mois, du jour, se réveiller, sortir de là, où les fumées menacent et se répandent jusqu’ici, dans les marais qu’elles assèchent, il était temps ; assécher ces marais. Combien de cadavres va-t-on retrouver ?

Elle monte sur le canoë et rame jusque devant chez sa grand-mère. Elle descend, les pieds dans l'eau (quand les chaussettes sont mouillées on attrape froid), et remonte la pente jusqu'au jardin. Les volets sont clos. Les gens qui ont racheté la maison sont absents. Peut-être ne l'ouvrent-ils que pour les vacances. Le potager est à l'abandon. Les tiges d'hortensias témoignent de leur présence ancienne. Peut-être fleuriront-ils au printemps. La pelouse est verte, elle n'a pas de mérite, la pluie s'invite beaucoup ces derniers temps. Là-bas les flammes, ici les cendres. Étouffées par la bruine. Ses cheveux sont perlés de gouttelettes, ses pieds font splash splash dans ses chaussures. Ça crisse sur les graviers. Là où la deux-chevaux se garait. Elle contourne la maison, la porte en bois verte est bien fermée. La pierre grise suinte de tristesse. De l'autre côté, un champ en friche s'étend sans rien promettre.

Elle retourne sur la terrasse devant la Dordogne et s'assoit sur le muret. Il faut fermer les yeux et faire remonter les images. Seule elle peut les sauver. Les images d'une enfance. Qui dira que ça a eu lieu. Toutes ces vies, dans le brasier général ? Qui dira ? Et pourquoi faut-il dire ? Pourquoi ne pas laisser tout ça en poussière, tas de poussière, mélangée à l'eau, qui devient vase et retourne au fleuve ?

Que cherche-t-elle à sauver ? Elle qui est encore en vie. Que cherchent-ils tous à sauver, ceux qui refusent de démembrer les services publics, ceux qui luttent pour garder une parcelle d'Amazonie, ceux qui éteignent les feux dans la savane australienne, ceux qui bloquent les lycées, qui sauvent des vies devant les portes fermées des urgences, ceux qui s'immolent devant les lieux de pouvoir, et bloquent les stations-service, ceux qui brandissent des piques sous les fenêtres des ministres, ceux qui renoncent à leurs salaires pour sauver leur retraite, ceux qui achètent des masques pour respirer sans mourir, ceux qui se font stériliser chimiquement pour ne plus avoir d'enfant, ceux qui mutilent leur corps pour protester, que cherchent-ils à sauver ? Et Augustin qui regarde Netflix toute la journée, il voit à travers les flammes, il écoute les histoires, il cherche à faire survivre les histoires. Si les histoires se perdent, qu'adviendra-t-il des hommes ?

Les images remontent. Mais pas d'histoire. Pas de mots. Elles chantent pourtant *La lune est morte*, dans une chorégraphie de gestes, les mains se rencontrent et se séparent, quelque chose tombe, on le rattrape, on le tire, c'est la lune qui a dégringolé, ce sont les doigts des marionnettistes qui la soulèvent, elles chantent en langue des signes. La voix de Lucie recouvre le bruit de leurs pas sur les petits cailloux qui longent le muret. Elles chantent et dansent jusqu'à l'épuisement : et cela résiste, contre les manifestations, les désespoirs et les immolations, cela résiste, ce chant d'une fille muette et d'une fille solitaire, ça résiste dans les hurlements de la terre, cette image-là résiste et s'oppose. Il y a eu de l'enfance, quelque part, et ceux-là mêmes qui matraquent, qui tirent dans les yeux, qui ouvrent des comptes en banque en Suisse, qui font basculer les actions par délits d'initié, ceux-là qui voyagent d'un bout à l'autre de la Terre, ignorant que le feu se répand, ceux-là aussi ont certainement quelque part une image qui résiste et s'oppose. Qu'en ont-ils fait ? Qu'ont-ils fait de cette enfance ? Elle hurle aujourd'hui, c'est Greta, qui parle devant tous les Parlements de la planète. L'enfance hurle, et résiste, elle veut brandir une image que les adultes ont oubliée. Elle veut se rappeler à eux, les supplier de leur laisser ça, juste ça, une enfance. Mais les images se superposent et brûlent à leur tour. Héloïse danse et chante avec ses mains, ses mains qui noueront le nœud autour de son cou. Héloïse rit et danse et chante, elle rame, elle plonge, elle marche devant Lucie dans le petit chemin du marais, un chemin de ronces et de joncs, les pieds enfoncés dans la vase, mais l'eau est tiède, les chaussures en plastique font toujours ploc en écrasant les herbes et l'humus, la boue les retient, les leste, elles sont de plus en plus lourdes, les chaussures.

Louis les rejoint, il est loin, elles le devancent, connaissent le terrain par cœur, enfants des marais, le petit garçon est loin derrière, il a cessé de les appeler. Elles avancent à la dérobée jusqu'à la cabane du pêcheur. Mais avant même de l'atteindre, un corps barre la route, à moitié nu, un torse imberbe, lacéré par les ronces, qui sent la transpiration, elles connaissent cette odeur, un corps les arrête et les touche, les prend par la main, elles n'ont pas peur, elles le connaissent, elles l'aiment, mais il serre très fort la main, broie les doigts des fillettes, et les entraîne plus vite que prévu vers la cabane, la cabane du pêcheur, où elles n'ont pas le droit d'aller ; où personne ne va. Trop loin, entourée de trop de ronces. Leurs jambes saignent, les pieds sont pleins d'épines. Elles voudraient pleurer, mais aucun son ne sort de leur bouche. Ni grognement chez Héloïse, ni protestation chez Lucie… Il faut se montrer fortes devant Lucas,

Lucas est impatient et colérique, il est intraitable. Il faut se montrer fortes, pour qu'il les aime un peu.

Lucie a la gorge sèche, elle voudrait dire quelque chose, « Non », par exemple. Mais la gorge se bloque. Tout le corps souffre. Lucie fait des signes avec la main qui lui reste, elle fait des signes à l'adresse de Louis, si jamais… s'il était là, s'il les suivait, s'il les avait rattrapées… des signes pour lui dire de ne pas les rejoindre, de ne pas voir ce qu'il se passe, de ne pas être témoin de ça : Lucas, son propre frère, enfin, son demi-frère. Mais des signes pour dire à l'aide, des signes d'affolement, qui ne savent plus quoi demander.

La cabane sent le poisson en décomposition, il ouvre la porte branlante, elles s'enfoncent dans la boue mélangée à l'essence. Ça sent l'essence, comme dans une station Total. Déjà avant neuf ans, ça lui donnait mal au cœur. Il verrouille la porte, ses gestes sont brusques, il halète. Elles ne le reconnaissent pas. L'une à droite, l'autre à gauche, les liens sont déjà là, il a tout prévu. Il sert, ficelle et gros Scotch, les poignets se déchirent, comme les shorts et les maillots, découpés aux ciseaux, déchirés, jetés dans la boue et l'essence, il suffira de gratter l'allumette. Que fait-il maintenant ? Ce n'est pas clair. Les touche-t-il ? Leur montre-t-il quelque chose ? Rien ne s'imprime, ni sur le corps ni dans l'esprit. Rien ne s'imprime. Cela signifie-t-il qu'il ne se passe rien ? Si, pourtant, il se passe quelque chose. Le faune a ôté ses derniers vêtements et tandis qu'il s'approche de l'une, puis de l'autre, dans une distribution parfaite, un peu à droite, un peu à gauche, une caresse, un baiser, et qu'il s'excite tout seul, qu'il devient fou, vraiment, hystérique même, qu'il frotte son sexe contre leur ventre, leur enfonce ses doigts dans le corps – ça fait mal –, il craque l'allumette dans un grand rire, et il la jette dans la flaque d'essence, et ça fait pschitt, des flammes s'élèvent, Lucie peut enfin voir le visage d'Héloïse déformé par l'étonnement – pas la peur, l'étonnement –, et elles se regardent et sourient de se regarder, les yeux plongés dans les yeux de l'autre, ensemble, jusque dans la danse des Enfers, ensemble dans les flammes… Mais des bruits se font entendre, et des pas, bientôt des voix d'adultes qui font fuir le faune, le faune a disparu, à jamais. On le verra ce soir, au dîner. Elles auraient pu mourir, c'était le projet de Lucas, mais ils mangent de la purée-jambon assis les uns en face des autres avant d'aller se coucher.

Les flammes montent doucement, difficilement. On est dans un marais. L'eau grignote, la boue combat. Les adultes sont là qui étouffent aussitôt le début d'incendie.

C'est la fin de la séquence. Soudain la peur s'immisce comme des bourrasques de feu dans un appel d'air. La peur les arrache au sortilège. C'est fini. Beaucoup de choses sont finies. La peur a vaincu. Désormais, tout rappellera la peur. Elles sont vouées au silence. Sinon, langue coupée. Et Louis ? Ce sont leurs arrangements.

Les feux ont pris, personne ne peut plus les arrêter. Mais le temps n'existe pas. Rien ne peut tomber dans l'oubli, ni les tombes ni l'absence de tombe. Le temps n'existe pas, et les cadavres remontent à la surface, flottent sur la Dordogne, gonflés, et pleins de vase, l'Amazonie brûle, les puits de pétrole brûlent, Paris brûle, et les faunes rient et dansent en montrant leur sexe en érection, le marché se régulera de lui-même, on démantèle les agences du médicament, la drogue circule, les aiguilles trouent toutes les veines, on s'injecte du Doliprane et du glyphosate, et les faunes bandent en riant, les chants purs des enfants sont assourdis par le bruit des avions, la cabane va être bombardée, première bombe, deuxième, les enfants tombent les uns après les autres, les flammes s'élèvent jusqu'aux cieux, c'est beau, mais personne ne regarde, plus personne ne regarde, les écrans multiplient pourtant les images, elles ne sont rien sans l'odeur – sans l'odeur de boue et d'essence, les écrans ne diffusent pas les odeurs. Il est temps que tout cela cesse.

Le canoë dérive. Lucie s'est allongée et observe le ciel. Bientôt elle fermera les yeux et se retrouvera dans la Garonne, puis de la Garonne dans la mer. L'océan. Atlantique. Les rouleaux et le sel, les courants mortels, le Gulf Stream, la marée d'équinoxe, l'océan. L'Amérique. Et les dunes qui tombent, qui chutent, qui se déversent et s'offrent aux rouleaux toujours plus gourmands, le sel sculpte et dévore, les vagues attaquent la roche et font s'effondrer les premiers immeubles, les années cinquante et soixante si prétentieuses de croire aux « pieds dans l'eau ». Elle espère ne pas avoir faim.

Parce que avoir faim s'il n'y a plus de cuisine, et plus de grand-mère dans une cuisine, et plus de four qui cuit une brioche au beurre, et plus personne qui soit susceptible d'ouvrir le four à temps pour retirer la brioche au beurre et la servir dans un plat en faïence, la couper et attendre les petites bouches, les petites dents, les estomacs affamés des enfants des marais, des enfants crève-la-faim, avoir faim quand le désert avance, c'est passer du côté prosaïque, où tout se transforme en douleur.

Elle espère ne pas avoir faim. C'est tout.

Mais au loin, des voix crient. Ce ne sont pas les voix des adultes qui s'approchent, les parents, les voisins, bientôt les gendarmes et le médecin ; non, ces voix sont claires, pures et chantantes. Elle entend de plus en plus distinctement : « Ici ! On est là ! Maman ! » et se redresse, les yeux éblouis par tant de lumière. Augustin et Mina courent le long de la rive, les pieds dans l'eau, derrière eux, Vincent qui traîne un canoë. Ils vont faire la course ! Lucie se redresse tout à fait. Ses enfants. Augustin, Mina, cette explosion de vie soudaine, sous ses yeux, ce battement qui jamais n'a cessé, ils l'appellent. « Maman ! » Elle se saisit des rames et lutte contre le courant, il n'est pas fort à cet endroit, le fleuve fait un coude. Elle arrive à leur hauteur, Vincent s'avance jusqu'à la taille et pose la main sur son canoë, tenant le sien de son autre main. Ils restent en suspens quelques minutes, le temps pour Lucie de vérifier les dégâts. Mais rien, le feu s'est arrêté ici, un cercle magique les entoure. Aucune flamme ne peut les atteindre. Ils sont vivants, leur enfance est bien là, présente à l'évidence. Ils n'ont pas l'intention de renoncer à l'avenir, ni à la lutte, ils n'ont pas l'intention de se laisser réduire en cendres.

Remerciements

Merci à Nathalie Kuperman et à sa lecture si stimulante.

Merci à Did.

Composition et mise en pages
Nord Compo à Villeneuve-d'Ascq

Imprimé en France par

MAURY IMPRIMEUR
à Malesherbes (Loiret)
en décembre 2021

POCKET - 92 avenue de France, 75013 PARIS

N° d'impression : 259340
S32134/01